超時空偵探W

1 魔幻水晶球

演然——著

中華教育

目錄

目錄

推薦序一

鍾玲教授

香港浸會大學榮休教授

香港浸會大學前協理副校長及文學院院長

台灣中山大學前文學院院長

豐富的魔幻水晶球故事

演然的《超時空偵探 W：魔幻水晶球》是為少年寫的「科幻小說」，描述少年 W 和時空使者 AI 少女，一起拯救九十九個孩子的故事，寫得引人入勝。它也屬於「穿越小說」，AI 少女 Uno 帶着 W 穿越巨大的時空漩渦，回到一百八十多年前的香港。它還是「成長小說」，小說開始的時候，W 是個父母早亡的孤苦少年，跟着衰老的祖父生活，他功課落後，受同學歧視，缺乏自信。W 穿越到過去，對抗邪惡勢力、拯救許多孩子，完成使命，當他回到現在，已經變成一個充滿自信的人。

這部小說還會帶讀者去熟悉一些歷史資料，AI 少女把 W 帶到 1839 年的時空，W 親眼目睹了一場歷史事件，這年七月七日英國水手在九龍尖沙嘴與村民互相毆鬥，村民林維喜被打死，接下來一連串事件導致鴉片戰爭。演然只採用林維喜事件，沒有採用後續的發展，他用 1839 年尖沙嘴村的場景，來發展虛構的魔幻水晶球故事，這故事就發生在林維喜的村子裏。吸取小孩魂魄的禍首女巫來自英國，她住在附近的村子，腐敗的陳姓村長還吸鴉片，這是一篇用了歷史材料的虛構小說。

這部小說的開頭和結尾，落實在二十一世紀的香港，首尾中間的主體則講述 1839 年發生在尖沙嘴村的水晶球疑案，採用了「偵探小說」文體。時空使者 AI 少女跟 W 來到村子後，發現村裏近百個小孩都處於虛弱或昏迷的狀態，W 如何在村民、孩子羣裏進行調查，發現真相呢？女巫讓小孩玩水晶球，如何令他們深陷其中出不來呢？女巫如何用魔法吸取九十九個孩子的魂魄呢？最後女巫實施收魂魔法的時候，W 終於進入女巫的家，發現那裏一切靜止，包括女巫的形體，只有一個大水晶球，變化莫測，九十九個小孩和女巫的魂魄都去了哪裏？W 獲得破解的咒語後，勇敢地跟女巫對陣，最後 W 和村民家長如何同心協力破除邪法，救回孩子的魂魄呢？仔細讀這篇小說就會揭曉。

這部小說呈現父母對孩子的深切的愛。尖沙嘴村受難兒童的父母心急如焚，在張家樂父親的帶領下，努力救回了孩子。女巫施法害人，其實也是為了救自己的兒子，她墮落的兒子被人攻擊頭部，昏迷不醒，但女巫的母愛是自私的、害人的，是錯誤的溺愛。本小說的主題宣揚人的善行和善念。家樂被救回來以後，他向父母認錯改過，父親也說自己以前嚴厲管教的方法不當，父子都提升了自己。W 則捨己為人，救出陷於危難的孩子們，實踐了大善行，不但救了許多人的性命，自己也成為內心堅強的英雄人物。

鍾玲

2025 年 5 月 3 日

推薦序二

杜國威先生，BBS

香港藝術家年獎劇作家獎
香港戲劇協會風雲人物獎
路易卡地亞卓越成就獎
台灣金馬獎最佳改編劇本獎
香港電影金像獎最佳編劇獎
香港特區政府銅紫荊星章勳銜
香港舞台劇獎終身成就獎
香港藝術發展局傑出藝術貢獻獎
香港大學名譽院士
香港都會大學名譽院士

嘉文、演然、Aman、靚仔……這些都是他的好友對他的不同稱呼。

於我看來，無論他學術成就有多麼超卓，作品類型題材多麼廣泛，思維洋溢，不斷創新，在我面前的他，仍然是二十年前的模樣，歲月沒有在他的臉上刻出軌道，身形也沒有走樣，依舊文靜少言，從不口若懸河，依舊善良青澀，遇上令他尷尬的事仍會臉紅傻笑，仍舊容易知道他開心還是不開心，絲毫不變！

這麼多年了，我這師父有教導了他甚麼？反而，我求教於他的問題遠多於他問我的，我只有常常提醒他，人心難測，對人對事小心承諾，仔細考慮，不然會很辛苦，只此而已。我不學無術，但閱歷、經歷比他多比他複雜，縱有委屈，已淡然視作人生經驗，不是傷痕，不是失敗了，他明白！

就這樣，我和嘉文便亦師亦友的相親相知了二十多年，彼此互勉互勵，努力寫作、創新。他愈發勤奮，不斷磨練筆桿，他成名了！很多產，都是佳作，由「趙嘉文」多了一個「演然」的稱號，悟性甚高，皈依佛學，把世情看得通透，謙謙居士，惠澤文壇。

演然的新書出版了，是他偵探小說系列之新作品《魔幻水晶球》，他想像力真的很豐富，此書內容與時並進，十分適合現代青少年閱讀。感情澎湃的筆力，正是他一貫創作的本色。那種熱愛「生命」，相信「希望」的情懷，令作為師父的我感到驕傲、自豪。

願各位嘉文、演然的忠實粉絲、讀者、觀眾，喜愛《魔幻水晶球》。

杜國威

2025 年 4 月 14 日

推薦序三

高孝湛先生

上海科學技術出版社前總編輯

香港中華書局前董事總經理兼總編輯

聯合出版集團前董事

最近有緣細讀演然先生的科學幻想小說《魔幻水晶球》文稿，先睹為快；更受邀提供讀後感，與有榮焉。身為入列已六十七年的老編輯，得到機會對這種小說體裁加深思索和體驗，這是一種幸運。

演然是一位多才多能的作家，不僅鑽研語言教育、佛學有成，並且從編寫英漢雙語教育讀物暢銷而登上出版舞台，觸發了他的文學藝術天賦，進一步參與戲劇活動，編寫劇本，創作小說。迄今出版作品超過二百種，發行量達百萬冊，多次獲得出版獎項。本書是他獻給青少年的第三本科幻小說。

具有科幻元素的小說，最早在西歐發表於 1818 年。晚清中國知識精英為救國圖強的開發民智行動之一，就是引進外國小說。及至 1902 年，梁啟超開辦《新小說》月刊，第一次以「科學小說」的名稱分類，親自翻譯發表，接着多有跟進。而「科幻小說」之正式定名，是在 1927 年，由美國《驚奇故事》雜誌編輯使用，英語原文表述為「對科學的虛構（杜撰）」(Science fiction novel，簡稱為 Sci-fi)，真是平直。我國引進翻譯者的心態和修養顯然更高一籌，藝術化地修飾為「科學地幻想」，自然更有吸引力。論其實質，在這小說中兩者都跳不出「科學」與「幻想（虛構）」之糅合。

「科學」乃實證的，絕對嚴謹。它只承認可以重複證實的客觀事物。亦有「假說」之提出，是為了進一步實驗研究予以確認或推翻。「幻想」卻無需任何依據，天馬行空，毫無拘束。引發它的，或是科學發現新苗子的啟示，或是人生難解疑題的思索，或是希冀美好遠景的暢想，或是古老甚至原始時期傳說的迴響。

好的科幻小說，讓幻想宛若鷂子的引線，為科學的思維裝上飛天的翅膀。兩者融為一體，提升讀者追蹤科學發展的興趣，增長創新思維的能力。這是科幻特性所應發揮的作用。

不過，我們不應忽略，科幻存活於小說之中。其整體是一種具有意識形態的文化產品。作者在這裏講的故事，滲透着他的思想感情。

好的科幻作者，讓小說遵循正確的倫理道德，宣揚優良的社會風尚，褒示高尚的品性人格。在這裏，人類社會的負面因素（例如人工智能偏離正軌）和青少年的不良行為被揭示驚醒，個人得失與羣體利益的關係被協調和諧，青少年的良好生活和學習習慣被諄諄誘導，惡劣的制度人事和邪惡的罪行被追查揭露，正直、智慧、機敏、勇敢的主角敢於鬥爭取得勝利。但這一切並非如此簡單順利，而是經過驚險的矛盾衝突和曲折跌宕。這樣的故事實在吸引我們追讀。何況裏面還可以包含真實的歷史事件，如同從未來回到過去。這是何等動人啊！

本書之科幻與故事，恰正具備如此鮮明特色。我讀完全部文稿，為之感歎。我們教育引導青少年樹立良好的人生和價值觀念，需要更多這樣的讀物！

高孝湛

2025 年 5 月 23 日

自序

大學畢業以來，寫作和出版，佔據了我幾乎整個人生。在寫作方面，我慶幸遇上兩位改變了我生命的恩師。

鍾玲教授，我們弟子更愛親切地稱她為鍾老師，她是我在香港大學唸書時的文學啟蒙老師，把我帶入了豐富多彩的文學世界。鍾老師很樂意提拔學生，她在教學之餘，十分鼓勵學生創作，上課時不但會朗讀名家詩文，還會分享學生作品，更會把學生的作品投稿到文學雜誌。筆者初試啼聲的幾首新詩，便是在鍾老師的熱心推動下得以發表，在筆者當年還小的心田裏，悄悄地播下了文學的種子。鍾老師還會邀請學生到她家開「詩會」，讓志同道合的文友互相認識，互相切磋。這個活動延續至今，歷久不衰。最近一次「詩會」已蛻變成「創作朗誦會」，在鍾老師高雄的家舉行，十多位海內外作家各自朗讀自己的作品，場面熱鬧而溫馨。大家依舊互相琢磨，對文學的初心不變。鍾老師介紹自己的創作時說了一句讓筆者牢牢記住的話：寫作不是想自己能得到些甚麼，而是想着能給別人帶來些甚麼。

杜國威先生，人稱杜 Sir，我叫師父。他是把我帶進夢幻般的戲劇世界的人。師父乃編劇界之殿堂級大師，獲獎無數，能成為他的弟子，夫復何求。如何寫好一個劇本？師父曾經說過：「交出自己的心，寫別人的故事。」師父的人生感悟往往融入在他的劇本當中，《南海十三郎》中有一句台詞我記得特別深刻，那是唐滌生對十三郎所說：「再過三五十年，沒有人會記得那些股票、黃金、錢財，世界大事都只是過眼煙雲，可是一個好的劇本，過了五十年、一百年，依然有人欣賞，就算我死了，我的名字我的戲，沒有人會忘記。這就叫做文章有價。」也是這一句話，讓我在孤獨的創作路上堅持至今。

在出版方面，我也慶幸認識了一位恩師，他是高孝湛先生。筆者多年前任職於一家外資跨國出版集團時，便與高先生結緣。高先生在業界德高望重，卻十分平易近人，亦熱心提攜後進，不遺餘力。在高先生的舉薦下，筆者得以與內地及海外出版社合作，為祖國與不同國家及地區的學童設計教材、編寫故事書，拓展了筆者的寫作空間，開闊了筆者的人生視野。高先生見識廣博、襟懷寬廣，對家事國事天下事事事關心，每次相處皆有所得。雖已屆高齡，但他退而不休，每每為促進中外出版事業文化交流而出心出力，其孜孜不倦、無私奉獻的精神，實在令人欽佩。

人生三大幸事之一是遇上良師。吾非千里馬，今卻能遇上三位伯樂，是小生三生有幸矣。他們都是我要學習的人生榜樣。在此，筆者謹向以上三位恩師致以衷心謝意。

演然

乙巳初夏書於香江尖沙嘴

紙上電影

編劇用文字講述故事，導演用畫面展現故事。「紙上電影」則是一種小說的表達藝術，小說家利用「編」與「導」的手法去敘述故事。基本上，劇本和小說的載體都是文字，但劇本是為了營造畫面而去設計的一個藍本，而小說則是面向讀者。讀者可以閱讀小說，但不會閱讀劇本，劇本只是供演員排演之用，而小說則可獨立存在，具有文學審美價值。

筆者既是小說家，又是編劇。筆者創作的小說曾獲香港中文文學雙年獎冠軍，也曾參與舞台劇、電視劇、電影等的編劇工作，所以筆者寫小說的手法與眾不同，不自覺地運用了許多「編」與「導」的技巧，十分獨特。

從內容呈現上，小說往往通過文字描繪細膩的心理活動、複雜的背景設定和豐富的細節，給讀者留下許多想像空間；電影則是一種視聽語言，必須借助畫面、聲音等多種元素更直觀地展現場景和情節。在敘事節奏方面，小說可能較為冗長複雜，需要讀者投入較多時間；而電影通常節奏緊湊嚴密，能讓觀眾在短時間內獲取故事內容。

筆者嘗試在兩者之間取得平衡，並把兩者的優勢納入其中。「紙上電影」把人物立體化，把文字影像化，以鏡頭畫面取代文字，以人物對話與動作推展劇情，每章字數不長不短，以至全書字數亦能巧妙控制，章節與章節之間往往是一個又一個的場景轉換，讓故事變得緊湊，情節絲絲入扣，吸引讀者一口氣追看下去，同時感受文字裏的光、影、聲、色，如同走入真實的故事世界，帶來不一樣的、「看書如看電影」的閱讀體驗。

演然

超時空偵探
W
1

魔幻水晶球

主題歌曲

黑夜中的光

每當黑夜降臨　　孤獨把我包圍
瀰漫空中的惡意　　漸漸地把我吞噬
習慣了低頭走路　　風嘲笑我的懦弱
像折了翼的鴿子　　如何努力卻飛不起

主題曲

AR

YouTube

鋼琴譜

你用微笑告訴我　　你能看見我心裏
你用温柔告訴我　　你能理解我經歷
你用友誼告訴我　　你會陪伴我左右
你用真心告訴我　　你是一輩子的朋友

詞：演然　編曲：慧慈

我也不知道　　　　我有一種超能力

我也不知道　　　　我可以改變世界

你彌補了我生命的殘缺

你讓我看到自己的遼闊

你賜給了我一雙有力的翅膀

讓我不再害怕　讓我相信自己　讓我有了勇氣

飛過高聳的山嶺　　　跨過浩瀚的大海

飛向無窮無盡的天際　　飛向充滿希望的未來

故事梗概

兒童離奇集體昏迷

少年 W 怎麼也想不到自己會遇上一個聲稱來自未來的 AI 特種人——Uno。Uno 邀請他一起回到過去偵查一宗懸案，W 因而展開了一趟奇幻的時空之旅。

兩人來到清朝道光年間的香港。消息傳開，尖沙嘴一帶發生兒童集體昏迷事件，他們因為沉迷一種水晶球遊戲而失去知覺，生命危在旦夕。在 Uno 協助下，W 一邊搜集證據一邊抽絲剝繭，最後發現案子竟與神祕的巫術有關，隨即與案中女巫展開連場鬥智鬥力的角力賽。

預告片

AR

YouTube

讓人不能自拔的水晶球

那個神祕的水晶球究竟隱藏着些甚麼祕密？危急之際，W 如何運用機智化險為夷，把沉睡不醒的孩子從巫術的魔咒中拯救出來，讓他們返回現實人間與家人團聚？

W 漸漸醒來，才發現原來是一場夢，一切似假還真，生活重回了正軌。然而，過了不久，Uno 竟然再次出現，一段跨越時空的友誼一再展開。

主要角色

角色介紹

AR

角色總匯

AR

Uno

角色介紹

AR

主要角色

奇奇莫拉

角色介紹

AR

森姆

角色介紹

AR

主要角色

家樂

角色介紹

AR

小娟

角色介紹

AR

主要角色

張大叔

角色介紹

AR

張大嬸

角色介紹

AR

主要角色

陳村長

角色介紹

AR

宋大夫

角色介紹

AR

主要角色

稻草人

角色介紹

AR

超時空偵探
W
演然紙上電影

山中奇緣

黃昏時分，既不是白天，也不是黑夜，世界的輪廓變得十分模糊。樹木在夕陽映照下，彷彿被施了魔法一般，每一片樹葉都閃耀着夢幻般的光芒。

十七歲少年萬天來十分沮喪，他獨自跑到紅香爐峰上，面對着整個維多利亞港大聲呼喊，吼出心中的鬱悶。這裏是他常來的地方，尤其在他感到灰心失意的時候。作為一名孤兒，他從小就沒有父母疼愛，經常受到欺凌，沒有人真正地關心自己，負能量堆積在內心時間久了，讓他不堪重負，身邊卻沒有人可以傾訴，唯有找個空曠的地方喊一喊，排解心中不快。

天空一片五彩繽紛的晚霞，照得海面波光粼粼、金光閃閃。斜陽下的海港實在太美了，看着看着，萬天來內心的不安也漸漸地消失了。他伸展手臂，深深地呼吸着空氣，那清新的氣息瞬間充滿肺部，彷彿給身體注入了一股活力源泉。

突然，不知從哪裏飄來一陣白茫茫的霧，一切變得朦朦朧朧，隱約還聽到幾聲狗吠。萬天來感到十分奇怪。這時候，一條銀色小狗從霧中搖着尾巴走出來，向着萬天來低聲吠叫。那銀色的毛髮，還有牠脖子上掛着的一個紫色碧玉吊墜，在夕陽映照下熠熠生輝，十分迷人。

小狗吠了幾聲便轉身走去。也不知是受到一股甚麼神祕力量的驅使，萬天來竟不自覺地跟着小狗往山下走，不久便來到一個山洞。洞內漆黑一片，隱約看到一條看似無限長的路。萬天來按捺不住內心的好奇，跟隨着小狗的叫聲，一步一步地走進那沒有盡頭的黑暗裏。

走了不知多久，小狗的叫聲愈來愈弱，最後只剩下自己的心跳聲。萬天來停下腳步，在伸手不見五指的黑暗中，內心的恐懼油然升起。這裏說不定隱藏着甚麼未知的危險，他決定掉頭離開。這個時候，前方突然閃耀出銀色的光芒。霎那間，一道煙花似的光束在漆黑的山洞中綻放開來，然後像串串流星向四周迸發。閃爍迷離的光覆蓋了整個山洞，教人眼花繚亂。當流星般的火焰

也不知是受到一股甚麼神祕力量的驅使，萬天來竟不自覺地跟着小狗往山下走，不久便來到一個山洞。

精華片段

AR

YouTube

漸漸散去，眼前出現了一幕讓人震驚的景象，火焰的餘燼化成淡淡的煙霧，淡淡的煙霧漸漸幻變成一個人形輪廓。

萬天來驚呆了，他定睛一看，出現在面前的竟然是一個穿着紫色古服、面容姣好的少女。還來不及思考，他連忙後退了幾步，準備拔足逃跑，卻馬上被那少女叫住。

「W，別害怕，我不會傷害你的。」

「你是誰？你怎麼知道我的暱稱？」萬天來感到自己的牙齒在輕微震動。當他看到少女一頭銀色短髮，還有脖子上那塊紫玉吊墜，心裏更是大吃一驚。他囁囁嚅嚅地問道，「你是剛才那條小狗變出來的嗎？你——你到底是誰？！」

「我叫 Uno。」少女嘗試用微笑來安撫萬天來的不安，「我是來自未來的 AI 特種人。」

「來自未來的 AI 特種人？」萬天來一臉驚恐，「你怎麼跟真人一模一樣？」

「一百年後的世界，也許已超出你能想像和理解的範圍。」少女笑了笑，說，「我是帶着一個使命而來的，我的任務是與過去連接，找出指定的異能者去共同完成一個拯救地球的計劃。」

「拯救地球的計劃？」

萬天來的好奇心一下子被點燃了。未待他開口發問，那少女已為他描繪了一幅未來世界的可怕景象：

「地球經歷了持久的戰爭，在一場超級核爆中被徹底摧毀了，核爆炸產生了大量灰燼、粉塵和碎片，導致長達多年的核冬季效應。大氣層變暗了，阻擋了太陽光進入地球，植物逐漸死去，只有一小部分人得以僥倖地存活下來。作為一個種羣，人類離滅亡也沒多久了。」

從來沒有經歷過戰爭的萬天來不禁被這些話嚇倒。他小時候就聽過有關世界末日的事情，他在科幻小說和電影中也看過類似的橋段，但他又怎會料想到一個聲稱來自未來的機械人會對他說出這樣令人不安的話來。

少女繼續說下去：

「未來的人類已陸續移居到其他星體，但為了拯救地球，他們千方百計地對地球進行修復，同時啟動了一項名為『源頭修正』的瘋狂計劃，這個計劃雖然沒有充分把握，但也得非試不可，因為後悔莫及的人類已沒有其他可行的辦法了。」

「甚麼是『源頭修正』計劃？」萬天來愈發好奇了。

「這個計劃是派遣 AI 特種人回到過去，嘗試彌補過去的一些遺憾或修改當時的錯誤決定，希望通過改變過去，未來也會跟着改變。這是一個異常龐大的計劃，分成不同層面和階段，我只是數以千計的時空使者之一。我們被分成不同組別，然後穿梭時空去到地球的不同角落，協助實施此項大計。組別分類極其細微，計有『戰爭罪行調查組』、『地球環境淨化組』、『反社會人類緝拿組』、『地球生態保護組』等等，每個組別各司其事，目標卻是一致。而我所隸屬的是『歷史懸案偵查組』，專門破解歷史上的一些懸案，為無辜遇害或死去的人平反。」

萬天來聽得一頭霧水。他戰戰兢兢地問道：

「破解歷史懸案最終也能拯救地球嗎？兩者看來沒有任何直接關聯呢。」

「這不過是『源頭修正』計劃中的其中一個小組而已。」少女解釋道，「因為未來的人相信，療癒地球的其中一個方法，就是讓可憐無辜的死者重新活一次，而不是成為枉死的冤魂。在地球的歷史中，發生過大大小小許多不同的冤案，造成很多冤魂。因果循環，冤冤相報，冤魂愈積愈多，世界便永無寧日。相反，倘若能讓無辜死去的人再活一次，那種被啟動的神奇正能量便會給世界帶來不可思議的改變。」

萬天來皺起眉頭，還是半信半疑。

「擴大一點來說，」少女繼續說道，「歷史上人類犯下了種種罪行，野蠻瘋狂的掠奪破壞、慘無人道的侵略行徑、令人髮指的謀殺行為，最嚴重的莫過於戰爭罪，把美麗的地球變成一幅地獄景象。人類各種各樣的惡行，為一百年後的末日埋下了種種禍根。我們這次回到過去，分派到世界各地，目的就是要全方位地針對各個範疇進行修正，為世界重新注入正能量。簡單一點來說，就是去惡揚善。我們相信善的力量，每一個善舉，都會讓世界變好一些。每一個善舉即使如何微不足道，但積少成多，聚沙成塔，只要每人肯付出一點，假以時日，必能改變世界。」

萬天來感到有些道理，不禁點頭認同。

「人類的歷史中有許多隱藏的真相等待我們去揭開。當世界各地的 AI 特種人與你們合作一起做着同樣的事，世界便會慢慢地調整過來，地球的命運最終也會因此而扭轉過來，這是未來人類的誠心盼望。」

少女誠懇地望着萬天來，眼神流露出一種無限的期盼。

末日使命

「那為甚麼是我？我有這個能力嗎？」

冷靜的萬天來再次質疑起來。

「你是從超級電腦的大數據中揀選出來的，而且是萬中無一，也許你還沒有發現自己與生俱來的超能力，但我們確信你是被選中的人。」少女說道。

萬天來只管搖頭，不敢相信。他的成績在班裏幾乎是墊底，老師的批評和同學的嘲笑似乎已經成了他生活的常態。在大家的眼中，他就是一個懦弱自卑、缺乏自信的人，也是一個無可救藥的學生。

「不會的，你一定是搞錯了。」他說。

這個時候，少女跨前一步，撥開萬天來額前的頭髮，看了看便肯定地說：「沒錯的，就是你。」

「你這是甚麼意思？」

萬天來尷尬地摸了摸前額上的胎記，那是一個特別的形狀——卍，像一個左旋的帶鈎十字。這塊紅斑不知讓他承受過多少次嘲笑，他一直為此而感到羞恥，甚至抬不起頭做人。

「你是在確認些甚麼嗎？」他不解地問道，「關於我的身世，你是不是知道些甚麼祕密？」

少女呼出一口氣說：「恕我暫時不能透露任何細節。無論如何，我們需要你，這個世界需要你，人類的未來需要你。為了這個你們稱之為家的地球，你能與我配合嗎？」

萬天來哪敢輕易同意？說不定這少女是個甚麼騙子，還是謹慎一點，以免墮入圈套。於是他又發問：

「你既然是 AI 特種人，應該無所不知，無所不能。為何還要我們人類來幫忙？」

少女回答道：「我的身體確實內置了龐大的資料庫，可說天文地理科學藝術文學歷史無所不知，但也並非無所不能。再說，未來的人類已受到深刻的教訓了，我們曾經全方位地介入了他們的生活，甚至在很多地方取代了他們，最後人類漸漸失去了能力，變成極度依賴我們，甚至要聽從於我們，屈服於我們。這也間接地導致了日後世界的毀滅。」

「為甚麼？」

「與其說我們擁有自己的思考，倒不如說我們的思考其實都是來自對數據的分析而作出的決策。其他不說，就單單在決定是否戰爭這一問題上，我們根據大數據來進行分析，為人類作出判斷。從歷史的角度來看，人類是好戰的，數千年來，人類都是在忙於戰爭或是在準備戰爭，幾乎沒有一刻停下來過，我們不過是按照既定邏輯來做決定。最後，人類為了爭奪資源，一場大戰爆發了，戰爭把人類最醜惡、最兇殘的一面暴露出來。他們自相殘殺，出動最具殺傷力、最具毀滅性的武器，整個地球被熊熊烈火燃燒起來，生靈塗炭，屍橫遍地，結果不用我再說了。」

萬天來只是幻想一下情景，已不禁打了個寒顫。

少女吸了一口氣，又繼續說：「在戰爭的傷痛中走出來的人類痛定思痛，在汲取教訓的同時也做了深刻的反省，幾經艱苦，他們從我們的手中奪回了話語權，重新為我們進行功能設定，不再讓我們過度介入人類的生活。我們現在的角色也只能是協助人類作出判斷，解決問題，而不能替代人類，駕馭人類。」

聽到這裏，萬天來忙不迭補上一句：「科學家一早已作出警告，不要讓 AI 取代人類了！」

「這倒是真知灼見。」少女回答道，「我們 AI 在許多領域都能表現出驚人的智慧和能力，但始終無法真正替代人類，尤其是無法完全複製人類複雜的情感、細膩的觀察力和特殊的創造力。情感是人類與生俱來的能力，它能塑造出每個人不同的人格。任何生物都不會像你們一樣擁有喜怒哀樂、愛恨情愁等複雜的情緒。我們 AI 卻只能夠根據預先設定的規則和演算法來處理數據，學習並類比人類行為來產生類似情感的反應，但這都不是真正的情感，我們無法真正感受到人類情感的深度和廣度。這也就是我回來找你的原因。」

「那我可以怎麼幫忙？」萬天來認真地問。

「我會把你帶到案發現場，你只要運用你與生俱來的直覺和觀察力來對案情進行分析、作出判斷就行，我會從旁協助你的。」

萬天來對於這突如其來的任務開始感到有些興趣了。的而且確，他總是對世界充滿了無盡的好奇，他更喜愛推理，自小便把世界十大偵探推理小說看了一遍又一遍，甚麼《福爾摩斯探案全集》、《名偵探柯南》、《東方快車謀殺案》、《消失的 13 級台階》、《懸崖上的謀殺》和《黑牢城》等等，他都背誦如流。喜愛思考的他，觀察力更是超乎常人，總是能在細微之處發現別人忽略的東西，比如街頭巷尾的小細節，人們不經意間的表情變化。他的大腦彷彿就是一台高速運轉的電腦，不斷地分析和整合所接收到的資訊。他開始相信少女的話，於是便問：

「你要我幫忙調查的是甚麼案子？」

少女明顯是有備而來，她講述了一宗發生在十九世紀三十年代的兒童集體死亡案：

「事情發生在 1839 年，當年香港有九十九個小孩在玩一個神祕水晶球時離奇暴斃，當地村民一直懷疑事件背後有幕後黑手，但由於缺乏可靠的證據，這個案子最終沒有解決，最後九十九個小孩白白死去，九十九個家庭破碎了，九十九對父母悲痛欲絕。試想像一下這個悲劇所釋放出來的負能量有多大？很多小孩失去了兄弟姐妹，久久未能釋懷，有些更患上憂鬱症，許多父母難過了一輩子。一連串的連鎖反應，給社會帶來了巨大的不安。還有，九十九個小孩死不瞑目，變成了冤魂野鬼，永不超生。」

「太可憐了。」萬天來垂下頭來，若有所思。他突然感到一股強烈的使命感，同時也燃起了內心的鬥志，便對少女說，「那你要把我帶到 1839 年去嗎？人類真的可以穿梭時空，回到過去？」

明顯地，他已對少女放下芥蒂。

「我不就是這樣從未來回到這裏？」少女回道，「你不相信我，也得相信你該認識的偉大科學家愛因斯坦，根據他的廣義相對論，回到過去的可能性是存在的，強大的引力場可造成時空彎曲，產生『封閉類時曲線』。當然了，對於你們來說，現在還是言之過早，這種時空穿梭技術需要起碼再多幾十年才能做到。」

「好。我願意配合。」萬天來咧嘴而笑，露出一排潔白的牙齒。他決定投身於這場未知的冒險之中，雖然一切都是未知，但他無所畏懼，堅定地邁向了新的使命。

「謝謝你，W。」少女莞爾而笑，眼角彎成了優美的弧線。她向萬天來伸出友誼之手，萬天來也向她伸出手來。就在兩人雙手互握的一剎那，少女脖子上的紫玉吊墜突然溢出七彩光芒；與此同時，整個山洞彷彿開始在扭曲、在旋轉，將周圍的一切捲入其中。一股強烈的眩暈感襲來，萬天來感到自己的身體一瞬間被捲入一個巨大漩渦之中。四周光芒閃爍，周圍的景象開始變得模糊。在這流光溢彩的漩渦中，他失去了重量，也彷彿失去了時間的概念。

　　不知過了多久，當萬天來再次睜開眼睛，發現自己又回到紅香爐峰上，但他愣住了，因為眼前所見完全是另外一個世界。

少女脖子上的紫玉吊墜突然溢出七彩光芒，與此同時，整個山洞彷彿開始在扭曲、在旋轉，將周圍的一切捲入其中。
精華片段
AR
YouTube

案發現場

微風拂過，沙沙作響，彷彿在低聲訴說着一個古老傳說。

萬天來站在紅香爐峰上。絲綢般的暮色下，整個香港像被幻術籠罩。維港兩岸看不見高樓大廈，也沒有璀璨的霓虹燈光。香港島上有很多山，遠眺九龍方向，也是連綿不斷的山脈。尖沙嘴那個位置是一片荒蕪的海灘，海岸線凹凸不平，破舊的漁船在海浪中顛簸前行，沿岸有幾個簡樸的小碼頭供漁船停泊之用，岸上散佈着由棚戶或木屋組成的村落。除此之外，沒有太多文明痕跡。

「怎麼完全不一樣了？」他在自言自語。

「當然不一樣了。」站在他身旁的 Uno 說，「今天是 1839 年 7 月 6 日星期六，即清宣宗道光十九年五月廿六日，你已回到了一百八十多年前的香港。」

萬天來起初還以為這只是一場奇怪的夢，但當他感受到微風拂過臉龐，嗅到樹木的清香，伸手觸摸到身旁那塊真實的岩石，他才確信這一切都是真的。

「喔唷！」萬天來不禁驚歎了一聲，他做夢也想不到自己會回到清朝年間的香港。他環看四周，從山上俯瞰整個海港，居高臨下，一覽無遺，內心無比雀躍。他指向山對面的海岸問道，「那個海灘，又尖、又多沙，像一個凸出來的鳥嘴，所以叫做尖沙嘴？」

「對。」Uno 說，「尖沙嘴那一帶有多個村落，除了尖沙嘴村，還有尖沙頭、尖沙尾、官涌、澳仔、左排和泡浮角等等。」

「這裏的人都在做些甚麼的呢？」萬天來問。

「主要從事農業和漁業。」Uno 說，「十九世紀中葉前，香港是由廣州府新安縣所管轄，但與當時中國沿海已經出現的很多繁榮港口相比，香港山多地瘠，在大清皇朝眼中，也不過是南方一處毫不起眼的小漁村罷了。但你不要輕看這個你土生土長的地方，自南宋至清代，這裏出了不少讀書人，包括一名進士，十一名舉人和七十三名貢生。」

「你不說我真的不知道。」突然，萬天來指着港島西遠處的海面喊道，「這是甚麼來着？Uno，你看！你看！」

遠方的太陽漸漸沉沒在水平線上。Uno 循着萬天來所指的方向望過去，果然見到四五艘巨大的商船輪廓正向海岸駛來。落日的餘暉讓逆光的船體化成一抹美麗的剪影。

「那是英國的商船。」Uno 說。

「英國的商船？」讓萬天來驚訝的是，這些英國商船簡直就是海上巨無霸，細小的漁家船艇和它們差別太大，實在無法相比。

「是。」Uno 答道，「一個月前，道光皇帝派了個欽差大臣去廣州實行禁煙政策，這個欽差大臣從英國商人手中沒收了所有鴉片，然後全部銷毀，同時把所有走私鴉片的商人都給趕出去了。這些洋人都是在廣州給趕出來的。」

「你是說林則徐吧，這個我知道。」萬天來記得在歷史課上聽過虎門銷煙的故事，他難掩興奮地說，「想不到我竟然來到了歷史現場。」

「時間不早了，我們走吧！」Uno 說。

「去哪裏？」

「案發現場。」

很快，兩人便來到尖沙嘴村村口旁的福德祠。祠堂前有一棵高聳參天的大榕樹，樹杈上吊着幾盞油燈，在夜間照明。只見樹下人頭湧湧，眾人交頭接耳，氣氛十分緊張。萬天來驚訝地發現，那些青衣麻布的男性村民的後腦都留有一條長長的辮子，兩耳之間前半部都是光頭。但他很快就明白過來：

「清朝的男人都留辮子，電視裏的角色都是這樣。」

「是的。」Uno 補充一句，「清朝官民全部剃髮留辮，違令者斬首。」

「女人就要纏足，是嗎？」萬天來脫口而出。

「也不一定。」Uno 說，「特別在南方，女人跟男人一樣都要下田耕作，除非是大家閨秀，否則纏足的其實不多。」

「是這樣嗎？」萬天來說來有點尷尬。

他們的對話馬上被嘈雜的人聲掩蓋。為免節外生枝，他們躲在一處草叢後觀察。

只見一名婦人擠進人羣中，好奇地向左右查問究竟：「發生了甚麼事？難道又有小孩突然昏迷嗎？」

「那還用說？除了我們這兒，附近幾條村子都出事了，每天都有小孩昏迷，加起來好幾十個了。」

「這太可怕了，陳村長到底查到了些甚麼沒有？」

村民七嘴八舌，議論紛紛。就在眾人疑惑之際，一個瘦削的男人從福德祠走了出來。男人約莫五十歲，一副病怏怏、沒精打采的樣子。他身後跟着一名長者，是村子裏有頭面的人。村民一窩蜂湧上前去，爭相發問。

「陳村長，你們查到些甚麼嗎？為甚麼有這麼多小孩突然昏迷不醒呢？」一名村民搶先發問。

陳村長以手勢示意大家安靜下來。眾人豎起耳朵，唯恐聽漏消息。

「我們研究過了，我們得出的結論是，所有昏迷事件純屬不幸。」

「這麼多小孩昏迷，你們不覺得可疑嗎？」村民又問。

「巧合而已。」陳村長答道，「類似的事件以前也有發生過，只不過這次連續出現，引起你們不必要的恐慌，大家不用大驚小怪。」

「有人要陷害他們嗎？」

「我們找不出任何犯罪證據，大家不要胡亂猜測。」

「陳村長，」另一名村民又問，「聽說那些小孩在出事之前都在玩一個水晶球，那究竟是甚麼東西？」

「那是普通的玩具，跟這事情沒有關係。」陳村長說。

「那為甚麼會『玩』到昏迷的呢？」

「其實任何人如果不眠不休、不吃不喝地沉迷在一種玩意裏，只會造成過度疲勞，身體最終也會無法負荷。」陳村長咳嗽了幾聲，有些不耐煩地說，「你們要是害怕就好好管教你們的孩子，不要讓他們玩就行了。」

眾人沉默下來，又是一輪竊竊私語。

突然不遠處傳來呼叫聲：「陳村長！陳村長！」

只見一對夫婦倉皇地跑了過來。那男人抱着一個大男孩，大男孩看來是睡着了。

「我兒子出事了！我兒子出事了！」男人走到人羣面前，喘着大氣，惶恐不安地喊道。隨即引來一陣喧嘩，羣眾連忙讓出空間。

「張大叔，家樂怎麼了？」一名村民擔心地問。

「家樂昏迷了！家樂昏迷了！」張大叔看來有點不知所措。與村子裏其他男人一樣，張大叔是一名漁民，皮膚偏黑，因為從事劇烈的體力勞動，骨骼看起來很壯實，但也衰老得早。天熱，他把辮子盤在頭頂上，短衫一路敞開到底，兩臂上隆起的肌肉帶着汗水，在油燈的映照下發光。

「家樂！家樂！」張大嬸哀傷地喊着兒子的名字，但是無論她如何呼喚，男孩依然毫無反應，只有手腳偶爾在輕微地抽搐。

「快把宋大夫叫過來吧！快！」人羣中傳出呼喊聲。

很快，村子裏的醫師宋大夫趕到現場。他上前觀察了一下男孩的面色，看了看他的舌苔，摸了摸他的額頭和手腳，然後細心地為他把脈。

張大嬸哀傷地喊着兒子的名字，但是無論她如何呼喚，男孩依然毫無反應，只有手腳偶爾在輕微地抽搐。

精華片段

AR

YouTube

張大叔急不可待地問：「宋大夫，我兒子怎樣？」

宋大夫把完脈，呼了一口氣說：「家樂呼吸微弱，脈搏極細，手足冰冷，頭面青黑，精神不守。他患的是屍厥症。」

「屍厥症？！」張大嬸被這三個字嚇破了膽，身體不由自主的晃了晃。要不是她身旁的丈夫趕緊攙扶住了她的話，只怕她早已軟倒在地了。

宋大夫解釋說：「病人呼之不應、昏不知人，像死去一樣。這個病發生在小孩身上非常罕見，從病理的角度來講，他們是熱邪侵入了心包，引致竅絡不通、神智昏迷、驚厥抽搐等症狀。」

「這到底是甚麼病？是傳染回來的嗎？為甚麼會這樣的？」張大叔緊張地追問。

宋大夫無奈地搖了搖頭說：「我行醫多年，從未遇到過這樣離奇的病例。我看家樂本身是陽氣不足，也可能是中毒，或是與胸痺心痛等有關的先天性隱患。」

「不會的！」張大嬸喊道，「家樂沒吃甚麼骯髒的東西，不會是中毒的，而且他一向很健康，從來都沒有胸痺心痛這些病！」

「如果是隱疾的話，那便很難說了。」宋大夫說。

「家樂會有生命危險嗎？」張大叔哀傷地問。

宋大夫頓了頓，神情凝重地說：「他的病徵跟這幾天昏迷的孩子一樣，如果醒不過來，身體便會慢慢衰竭——」

未待他說完，張大嬸已把話搶過來說：「宋大夫，求求你救救我們的兒子，求求你！我們就只有這麼一個兒子，你一定要救救他呀！求求你呀！」

張大嬸要給宋大夫下跪，卻被他一把扶起來。

「盡人事，聽天命。」宋大夫隨手掏出一個小包，「這些藥能清熱開竅，安神定經，你回去給家樂熬湯餵服，早晚各一次。」

「嗚嗚——嗚嗚——為甚麼會這樣？為甚麼呀？他才十二歲！才十二歲呀！為甚麼？為甚麼呀？嗚嗚——嗚嗚——老天爺，如果可以的話，我願意用自己的性命來換取我兒子的性命呀！」

張大嬸歇斯底里地大哭起來，淚水嘩啦嘩啦地往下流。

「又是在玩那個水晶球嗎？」一個村民問道。

張大叔無奈地搖搖頭，嘴唇哆嗦着說道：「都怪我們沒有好好管教他。」

圍觀的村民顯得十分擔心，他們開始鼓噪起來，並把目光轉向陳村長。

「陳村長，再多一個小孩出事了。這事不能再掉以輕心了，你想想辦法，你想想辦法吧！」

另一名村民憂心忡忡地接過話說：「陳村長，要不要上報知縣，讓官府派人來調查一下？」

陳村長眉頭緊皺，又咳嗽了幾聲，然後說：「確實有些可疑的地方，但既無人證又無物證，我們也無從入手，用不着驚動官府。」

他身旁的長者望了望天，想了想說：「陳村長，這事倒有點邪門，看來是得罪了神靈，我們得馬上給土地公拜祭一下，祈求土地公保祐保祐，消災解難，庇護我民。」

「馬上做！」陳村長說罷便與長者轉身而去。

天色暗黑下來，人羣逐漸散去，剩下張氏夫婦，徬徨又無助。

陳村長，再多一個小孩出事了。這事不能再掉以輕心了，你想想辦法，你想想辦法吧！

精華片段

AR

YouTube

「我兒子快死了！我兒子快死了！誰能幫到我們？！誰能幫到我們呀？！嗚嗚——嗚嗚——」

張大嬸抱着兒子，哭得肝腸寸斷。張大叔的眼眶早已紅了，一臉茫然地望着兒子：「究竟發生了甚麼事呀？前幾天還是好好的，幹嗎會突然昏迷不醒的呢？家樂，你不要嚇唬阿爹阿娘，醒醒吧！家樂，醒醒吧！」

他還是努力地控制着情緒，並將妻子摟進懷中，安撫着她的不安。可以看出夫婦二人確實處於極度焦慮、讓人憐憫的狀態。

這個時候，萬天來和 Uno 從草叢中跳出來，走到張氏夫婦面前。

「你們好。」Uno 單刀直入，「我們是來幫你們的。」

夫婦二人打量着這兩名不速之客，奇怪地問道：「你們是誰？」

「我叫 Uno，這位是 W，我們是從一個遙遠的地方來的。長話短說，你們的兒子只剩下一天的命，請接受我們的幫忙，那麼你們的兒子還有機會得救，否則的話，只能看着他白白地死去。」

「你們到底是甚麼人？我們為甚麼要相信你們？」張大叔將信將疑地問。

「因為除了我們之外，沒有人能幫到你們了。我們也希望家樂能夠甦醒過來，健康快樂地成長。」Uno 的目光中閃現出殷切的期待。

張大嬸的腦子裏突然閃過兒子成長的片段，一幕幕刷刷刷地在腦海掠過。她一時悲從中來，猛力搖動着昏睡中的兒子，可是家樂卻依然毫無反應。她含淚看着兒子的臉龐，突然驚訝地喊道：

「家樂阿爹，你看！你看到嗎？」

「看到甚麼？」張大叔問。

「家樂在流淚呀！家樂在哭呀！看到了嗎？」

張大嬸指着家樂的臉喊道。張大叔俯身一看，果然看到一串淚珠從家樂的眼皮掉落：「家樂在流淚呀。他是聽到我們的話，他還有反應的呀。家樂！家樂！」

「家樂，娘不會放棄你的，娘一定會把你救回來！」張大嬸眼睛通紅，伸手抹去兒子臉上的淚痕。

「哼！」張大叔的心中突然升起一股怒意，「別指望陳村長有甚麼作為了，他一抽起大煙來就忘了哪兒是北，哪有心思管好村子裏的事？！」

埋藏已久的怨恨也湧上張大嬸的心頭：「這個陳村長萬惡不赦，貪財好賄，多年來還包庇毒窟和賭窟，他不肯讓官府介入，分明就是害怕連自己的醜事都給挖出來！」

兩人憤憤不平，望了望心愛的兒子，然後把目光轉向萬天來和 Uno。

張大叔哼了一聲，認真地問：「你們真的能幫到我們嗎？」

張大嬸接着說：「我怕家樂撐不了多久，你們一定要幫我們救救他，我不能眼巴巴看着他死去的呀！」

夫婦二人臉色灰白，十分憔悴，兩眼流露出求助的神情。

案中有案

懸掛在空中的半個月亮灑下一抹清輝，靜靜地籠罩着海灣。

萬天來和 Uno 來到了張大叔和張大嬸的家，那是離岸不遠處的一個棚屋，以竹木為架，茅草和棕櫚葉覆蓋在屋頂上。屋外晾着漁網、衣服和一串串的鹹魚。屋內十分陰暗，兩支蠟燭忽明忽暗地燃燒着。家具陳設簡單，除了櫃子、桌子和椅子，就是一些陶罐、竹筐、漁具等必要的生活器具。張大叔的祖先是蜑民，他的祖父曾擁有大風帆船，往來粵港兩地，以運貨為生，到他這一代已上岸定居，跑不了遠途，每天出海捕點漁獲，做點駁運生意，從沿岸的小碼頭把米糧雜貨等貨物駁運到深水港，再安排上大船，賺點微薄的運費。

張大嬸小心翼翼地給兒子餵服了藥湯，又給萬天來和 Uno 弄了一點吃的，幾個人的談話馬上轉入正題。

「這事來得太突然了，一夜之間失去了兒子，這個打擊實在太大了，我們完全無法接受。」張大叔說，「你們想想，現在不單是家樂一個人出事呀，短短十天已有幾十個小孩昏迷，你們不覺得奇怪嗎？怎麼會有這麼多小孩患上胸痺心痛這些隱疾的呢？怎麼又會集體病發昏迷的呢？難道這些都只是陳村長所說的純屬意外？」

張大嬸接着說：「整件事情真的並不是陳村長說的那麼簡單，我們兒子的『魂魄』是給偷走的！」

「家樂的魂魄給『偷』走了？」Uno 怔了一怔。

「是呀！」張大嬸開始激動起來，「請你們幫忙把家樂的『魂魄』找回來！」

萬天來滿腦子都是疑惑。

張大叔的表情突然嚴肅起來，沉聲說道：「這是一件極之不尋常的事。我懷疑你有沒有在你的經歷之中，聽過比我們這件更神祕、更難解釋的事。」

「好吧。」萬天來冷靜地說，「你們就把整件事情從頭到尾講出來，之後如果我對其中一些細節有疑問我會

整件事情真的並不是陳村長說的那麼簡單，我們兒子的「魂魄」是給偷走的！

精華片段

AR

YouTube

提出問題來。首先，家樂在出事前，你們有沒有發現他有甚麼不妥的地方？」

張大叔想了想便說：

「前陣子已發覺家樂有些不對勁了，總是把自己關起來，吃飯時三催四請才出來。整個人看上去沒精打采，眼圈發黑。起初我也有懷疑過，問他有沒有接觸過那個甚麼水晶球，他指天誓日地說沒有，還叫我們不要胡思亂想。唉！原來他一直在瞞着我們。」

張大叔滿腹心事地用手把臉從上到下一摸，眼眶滾動着淚珠，然後又說：「這兩天他老是說很累，我們以為他睏了就讓他多休息，怎料到了今天早上他就是喊不起來，我們出海去了，下午回來時他還在睡覺，還以為他生了甚麼怪病，打算去找大夫，這個時候，突然傳來猛烈的拍門聲……」

嘭嘭嘭嘭！嘭嘭嘭嘭！

「開門呀！快開門呀！」

張大嬸連忙上前把門打開，只見門後站着家樂的表姐小娟，汗流滿面，喘着大氣。

「小娟？怎麼啦？」張大嬸說。

「家樂呢？家樂呢？」小娟一臉慌張地問。

「家樂睡了一整天怎麼叫也叫不起來。」

小娟徑直衝進房內，看到昏睡的表弟，眼淚馬上奪眶而出，一臉愧疚地說：

「姨媽、姨丈，對不起！是我害了家樂，對不起！」

「小娟，你在說甚麼？」張大嬸一臉迷惑。

小娟高聲嚷道：「如果我堅持的話，家樂是不會給那個女巫帶走的！」

「小娟，你到底在說甚麼？甚麼家樂給女巫帶走了？」張大叔顯得莫明其妙。

小娟點一點頭，汗珠直往下流，懊惱地說：「我知道是我不對，我不應該不聽勸告，我……」

「你又是在玩那個水晶球嗎？」張大叔帶着斥責的語氣問道。

小娟垂下頭來，嘟嘟噥噥地說：「我……我只是一時好奇，我……」

「哼！」張大叔搖頭歎息道，「真沒辦法跟你們這些年輕人講道理，我們愈說不，你們就愈是跟我們對着幹！」

張大嬸焦躁不安地問道：「小娟，到底那個水晶球是甚麼鬼東西？為甚麼會玩出事的呀？！」

小娟輕歎了一聲，便把過去多天發生的事情和盤托出。

夢幻樂園

虛空中浮動着一個巨大的水晶球，閃耀着神祕的光芒，時紅時紫，時藍時綠，變化萬端，難以捉摸，卻讓人心馳神往。

水晶球的四周飄浮着一個又一個用稻草紮成的人偶。這些跟真人一樣大的人偶，拍動着手臂，踢着雙腿，在空中飄啊、飄啊，十分輕盈，自由自在。

小娟不知從哪裏穿越而來，她感到自己從一個黑洞中高速下墜，還沒有好好思考過來，整個身軀已掉落在這個如夢似幻的境界。然而，當她幾近跌至地面，身體卻又突然失去重量，像是被甚麼承托着似的，瞬間又飄浮起來，感覺奇妙。

飄啊，飄啊！就這樣，她隨着人偶一起在空中飄移，最後慢慢地降落到地上。

小娟踩在虛幻不實的地面，朝四處張望，滿心好奇。好一個陽光明媚、鳥語花香的世界。四處生機勃勃，蝴蝶在花間飛舞，小動物在樹上跳動。不知從哪裏傳來美妙的樂聲，悠揚悅耳，讓人十分陶醉。

「哇，太美了，這兒是甚麼地方？」

小娟神情雀躍，內心不禁發出驚歎。那邊，一大羣人偶在載歌載舞，每個人偶都拉着一個小孩，蹦蹦跳跳，看來他們已經打成一片，四處洋溢着歡樂的氣氛。其中一個人偶看來是首領，走在大夥兒前面，嘴巴咧開，高聲喊道：

「歡迎大家來到夢幻水晶球樂園！」

眾孩子歡呼喝彩，手舞足蹈。

「這兒是個無憂無慮、自由自在的世界！你們儘管放心的玩，放肆的玩！這是屬於你們的歡樂天地！」

小娟已湊上前去，站在孩子羣中，兩眼裏瀰漫着好奇的光澤。

這兒是個無憂無慮、自由自在的世界！你們儘管放心的玩，放肆的玩！這是屬於你們的歡樂天地！

精華片段

AR

「不過，」那人偶首領又說，「你們進來玩就得遵守這兒的遊戲規則。」

「甚麼規則呀？」一個孩子問道。

人偶首領笑了笑說：「你們要自律，不能玩過頭。當號角聲累計響了十二次，你們必須馬上離開！」

「我們不離開又怎樣？」另一個孩子脫口就問。

人偶首領立刻回應：「不離開的話，我們就會將你們的魂魄吸走！」

眾孩大眼望小眼，似明非明的樣子。

這時，小娟踏前一步，滿有自信地說：

「沒問題，我們不會玩過頭的！」

「對！」眾孩齊聲高喊，「我們不會玩過頭的！」

「好！」人偶首領看來十分滿意，隨即喊道，「那麼我們一言為定，你們要好好記住了，哈哈哈，來吧！玩吧！盡情的玩，放肆的玩吧！哈哈哈！哈哈哈哈哈！」

不知不覺，小娟已被邀請進入人羣中。大家手拉着手，隨着樂聲載歌載舞。眾人一雙一雙，在這仙境似的空間裏不斷旋轉，隨着節奏交換舞伴，心情既愉快又興奮。

轉呀轉呀，不一會兒，小娟的舞伴竟然換成是家樂，兩人同時發現了對方，詫異非常。

「家樂！？你怎麼會在這兒？」小娟吃驚地問道。

「表姐，你自己不是也來了，有甚麼好驚訝的？」家樂回應道。

「家樂，」小娟又問，「姨丈姨媽知道你進來了嗎？」

「當然不知道。」家樂隨即答道，「要是讓他們知道就麻煩了。你千萬別通風報訊，否則別怪我不客氣！」

「哈，你這小鬼，竟然瞞着姨丈姨媽，你不怕死嗎？」小娟氣道。

「你自己不也是瞞着家人走進來的嗎？好意思說別人也不檢討一下自己！」家樂反駁道。

「我……」小娟一時語塞，然後又說，「我跟你不一樣，我比你大，比你有分寸。」

「哼！」家樂反了反白眼還擊道，「你別自以為是，我也有分寸的。」

「你有分寸？」小娟隨即反問道，「明天不用讀書嗎，還說自己有分寸？」

家樂張嘴結舌，下巴左右搖晃了幾下，然後「唉」了一聲歎道：「表姐，你別跟阿爹阿娘一樣囉嗦好嗎？你好煩呀！」

小娟輕笑一聲，說道：「我只是怕姨丈姨媽擔心你呀！」

「讓我多玩一會兒吧！」家樂堆起笑臉道，「一旦出去了又要幹活又要讀書寫字，阿爹動不動就罵人，我多不開心你知道嗎？」

「姨丈姨媽都是為你好，你又知道嗎？」小娟說道，「姨丈說過，他從來沒有讀過書，從小開始就出海捕魚，每天風裏來浪裏去，大半生勞碌，現在總算上岸了，他就是不想你走他的老路。他希望你能好好讀書，出人頭地，光宗耀祖。」

「那也要我喜歡才行吧。」家樂撅起嘴唇說道，「自我懂事以來，就只管在我耳邊重複的說，讀書、讀書、讀書，好討厭呀！再忙也得要休息，是不是？」

嗚——嗚——嗚——

這時，不知從哪裏傳來神祕的號角聲，響了三下，十分嘹亮。小娟一時警覺起來，對家樂說道：「那你玩夠了沒有？時間不早了，回去吧。」

家樂喜孜孜地說道：「表姐，這裏很好玩呀，我真的捨不得走。你知道嗎，這裏還有很多寶物呢。」

「寶物？」

「是呀！」家樂邊說邊從口袋裏掏出一些金銀珠寶來，「表姐你看，漂亮嗎？」

小娟眼前一亮，才仔細一看，家樂手上滿是各式各樣的珍貴珠寶，有翡翠、鑽石、黃金等等，在迷幻的光影下閃閃發亮，熠熠生輝，異常奪目。

「哇，好漂亮呀！你怎麼得到的？」小娟一臉羡慕。

「從人偶那裏贏回來的。」家樂笑着回答，手中把玩着一件精美的玉器。

「剛才跟我們跳舞的人偶？」小娟問。

「沒錯！」家樂興奮地說，「只要陪着他們玩，贏了就會有獎品。我運氣多好呀，每次都贏，每次都拿到珠寶！」

「你別神氣，如果輸了怎辦？」小娟問道。

家樂一愕，眨了眨眼，一時不懂回答。

「你要知道，賭博這玩意是不能抱存着僥倖的心態的。」小娟說。

家樂不以為然，吸了一口氣，笑着回道：「我知道，賭博總有輸贏，只要小心點、注意點，贏的機會還是蠻大的。而且人偶說過，只要一直陪着他們玩，就會有機會把這裏所有的金銀珠寶都贏回來！」

「真的？」小娟有點疑惑起來。

「真的，表姐。」家樂答道，「總之現在阿爹阿娘已經起了疑心，無論如何也不能讓他們知道的。這樣吧，讓我多玩幾個晚上，把『皇冠』贏回來，那我就能正式成為這裏的『皇者』了！」

「皇冠？」小娟流露出嚮往的眼神。

「是呀！只欠一個皇冠，我就是這裏至高無上的皇者了！表姐，為了儘快贏得這個寶座，我將要加大注碼。

來，跟我來！我帶你去找寶藏！」

只見家樂胸有成竹地一個箭步走去。

「欸！等我呀！」小娟在後面追趕着。

這個時候，不知從哪裏又傳來既神祕又嘹亮的號角聲：

嗚——嗚——嗚——

家樂和小娟已一前一後地走進那無盡的黑暗中。

不能自拔

小娟頹然失落，繼續向張大叔和張大嬸剖白詳情：

「我和表弟就是這樣進入了那個夢幻水晶球樂園，開始的時候我還以為是一個夢境，到了第二天早上我見到家樂，我說我在夢中見到他，怎料他竟然也說他在夢中也見到我！原來，我們兩個在夢中相遇，我們的夢境是一模一樣的！」

張大叔不明所以，問道：「小娟，你的意思是說你做夢的時候見到家樂，而家樂也在同一時間在夢中見到你？」

「是！」小娟肯定地點頭答道，「我知道這是一件難以置信的事情，但它千真萬確地發生了。我和家樂確實在夢中相遇，我們甚至連對方在夢裏說過的每一句話都記得一清二楚！」

「沒可能！」張大嬸直搖頭，翻了一個白眼，她無法相信小娟所說的話。

「姨媽，這是真的。」小娟繼續說道，「我和家樂最後得出一個結論，就是那個水晶球擁有一股神祕的力量，它會讓同時在玩的人在夢境裏面連接，產生互動。」

張氏夫婦面面相覷，不知如何回應。

小娟的目光閃爍着光芒，露出悠然嚮往的神情：「不得不說，那裏真的很奇妙、很刺激、很好玩。所以我和家樂約好，第二個晚上再進去玩。當然一定不能露出馬腳讓你們知道。」這時她垂下頭來，愧疚地說，「就這樣，我們一連玩了好幾個晚上，愈玩愈夜，愈玩愈沉迷……」

「唉！」張大叔搖頭歎息，十分氣惱。

不知不覺，小娟再次掉進回憶。

她又走進那神祕的夢境裏去了。然而，這裏不再是色彩繽紛、鳥語花香的世界，而是一個詭異迷離、陰森荒涼的空間。陽光沒有了，只有昏暗的光線從遠處某個地方滲透進來，勉強照亮了周圍環境。腳下是乾裂的土壤，周圍是扭曲的樹木和枯萎的植物，四周結了蛛網，爬着蚯蚓和蟑螂等可怕的昆蟲，空氣中瀰漫着一種令人窒息的腐臭味。

巨大的水晶球依然懸掛在空中，可是卻失去了斑斕的色彩，閃爍着一種神祕的藍光，一下一下，時暗時亮，時隱時現，教人捉摸不定。

「為甚麼會變成這樣？」一種莫名的恐懼油然而生，看來這個空間隱藏着某種不可名狀的危險。

「家樂，我來了！家樂！」小娟一邊輕聲叫喚，一邊膽戰心驚地探步前進。

「家樂？你在哪裏？」

四處漸漸有白煙冒起，瀰漫四周。前路愈見迷茫，小娟繼續探索，最後在一個暗角發現了家樂。只見他跌坐地上，身上掛滿了金銀珠寶，眼神迷迷惘惘、恍恍惚惚，有點神志不清的樣子。

「家樂！你怎麼啦？」小娟喊道。

家樂呆呆地望着小娟，皺起眉頭問道：「你是誰？」

「家樂，你認不出我了？」小娟瞪大眼睛，十分詫異。

「你是？」家樂指着小娟發愣，看了又看，突然大喊起來，「我記得了，你是人偶！我們玩到哪一局呀？繼續吧，這回我一定要贏！」

「家樂，我是你表姐呀！」小娟愈發焦慮，大聲喊道。

「表姐？」家樂喃喃自語，「我們玩到哪一局呀？」

小娟搖頭歎息道：「不要玩了，家樂，你看你這樣子已經失去理智了。回去吧，我們走吧！」

小娟一手拉起家樂，可是家樂身上的珠寶很多，沉重得讓他站不起來。

「家樂，起來吧，我們回家！」小娟嘗試把家樂扶起。可是家樂卻顯得很不耐煩，一手把表姐推開，猛搖頭喊道：「我不走！」

「走吧！」小娟惴惴不安地叫喚。

「我還沒把皇冠贏回來呢。」家樂回道，一邊還撥弄着身上的珠寶，「看！漂亮不漂亮？還差一步，我就會成

不要玩了，家樂，你看你這樣子已經失去理智了。回去吧，我們走吧！

精華片段

AR

YouTube

為這裏的皇者了。」

「家樂，你太沉迷了！醒醒吧！」

小娟吃力地把家樂從地上拉起來。這時候，家樂突然用一種冰冷的目光盯着小娟，喊道：「你別多管閒事，你要走就自己走吧！」說罷獨自氣呼呼地走去。

小娟見狀趕緊上前把家樂攔住。

「你擋着我幹嗎？走開！」家樂大叫。

小娟用盡全力緊緊把家樂按住。然而，家樂的神態已趨近瘋癲，拼命地在小娟的懷中掙扎，一邊哭一邊尖叫，更發狂般一口咬住小娟的肩膀，全然忘了她是自己的表姐。小娟從未見過這個模樣的家樂，被嚇得臉色蒼白，雙眼含淚，手心裏也不停地冒着冷汗。

這時，神祕而沉重的號角聲一再響起。

嗚——嗚——嗚——

家樂剎那間自失神中清醒過來。

他擦擦眼睛，終於認得出小娟。

「表姐？」

家樂迷迷糊糊，如夢初醒地向四周張望。

「家樂？你醒過來了！」一絲喜悅湧進了小娟心中，「好了好了，我們走吧！」說着便一手把家樂拉走。

可是無論家樂如何用盡力氣，身體卻感覺異常沉重，滿身的金銀珠寶讓他顯得寸步難行。小娟只好攙扶着他，一步一步吃力地行走。

兩人才走了幾步，家樂已累得直喘氣。而不知從何時開始，四周竟站着一大羣人偶。他們一列排開，擋住了去路，個個臉色鐵青，怒氣沖沖，與之前笑意盈盈的人偶完全是兩個模樣。小娟和家樂怔了一怔，不顧一切地向前走，卻被人偶團團攔住。

「你們在幹嗎？走開！」小娟向人偶大聲喝道。可是人偶卻無動於衷，一動不動，像釘子一樣牢牢釘在地上。

空中的巨大水晶球仍在閃爍着詭異藍光，時明時暗，若隱若現。這時，遠處走出一個神祕的身影，看來是一名洋婦，頭戴皇冠，手拿拐棍，一拐一拐地走上前來。

全體人偶退至兩旁，讓出一條通道，並恭恭敬敬地下跪，齊聲喊道：

「皇后陛下萬歲萬歲萬萬歲！」

黑暗中隱約看到那皇后長有一頭長長捲髮，皺紋滿臉，眉毛很長，眸光微閃，眼底閃過一抹不可察覺的狠戾。她身上披着皺巴巴的大衣，散發着一種詭異氣息，同時有着一種震懾一切的力量。她揚一揚手，整個空間好像在跟着她的手勢在扭曲。

小娟開始感到驚恐，她後悔自己來了，現在唯一要做的事情，就是儘快帶家樂離開這裏。她再次拉起表弟的手，並說：「我們走！」

這時，皇后臉上忽而換上親切可掬的笑容，並向着家樂這邊招手。

「家樂，過來玩吧！」

皇后說話時聲音尖銳，有些刺耳。然而，她的呼喚宛如咒語。家樂聽進耳朵，一時感到頭暈目眩。

「過來玩呀，皇冠就在這兒！」

皇后把皇冠除下，捧在掌心裏，她的指甲又長又尖。這是一頂鑲有寶石與碧玉的皇冠，在微弱光線下綻放着熠熠奪目的光芒。皇后口裏不斷向家樂呼喚，極盡誘惑之能事。

家樂凝神地看着皇冠，眼睛發亮，他的眼神渴望着勝利，就像一隻餓極了的豺狼，身體不自覺地向着皇后方向走去。

「不要！」小娟連忙把他拉回來。

皇后仍在那邊輕輕地呼喚着：

「家樂，過來呀，過來玩呀！你不是想把皇冠贏回去嗎？過來，就差這麼一點點，你就是這裏的皇者。」

家樂思前想後，舉棋不定，心裏亂得像一團亂麻，表情像笑又像哭。

「家樂！」小娟堅定地說，「不要再玩下去了，我們一起走吧！」

可是家樂已控制不住自己，搖晃着身軀向前挪移了幾步，然後回頭望向小娟，深吸一口氣說：「表姐，我現在離開便是前功盡廢。你先走吧，我把皇冠贏回來就會回家了。」說罷狠狠地一手把小娟推開，向着皇后那邊頭也不回地走過去了。

「家樂呀！」小娟欲走上前，卻彷彿被一股無形的力量牽扯着，讓她不能動彈。

家樂，過來呀，過來玩呀！你不是想把皇冠贏回去嗎？過來，就差這麼一點點，你就是這裏的皇者。

精華片段

AR

YouTube

這時，神祕的號角聲一再響起。

嗚——嗚——嗚——

家樂回過頭來喊道：「等我！我一定會回來的！」

隨着他的聲音，家樂踏着沉重的步伐走向皇后身邊，最後消失在無窮無盡的黑暗裏……

說到這裏，小娟的情緒激動起來。

「我以為只是玩了一陣子，原來已經天亮了。我本來約了家樂今天早上見面，可是我等了半天他都沒有出現，我愈想愈覺得奇怪，所以馬上跑過來，原來家樂真的出事了，原來那並不是夢，一切都是真正發生過的，家樂確實是給女巫騙走了。如果我堅持把他拉回來的話，家樂該不會變成現在這個樣子！是我不對，是我做錯了！」

小娟猛搖頭，一臉懊惱的樣子。

張大叔和張大嬸還是聽得一頭霧水。

「小娟，你發甚麼神經呀？家樂現在昏迷不醒，你竟然來跟我們開玩笑，說他跟一個女巫走了？」張大嬸斥責着外甥女。

「是真的！」小娟瞪大眼睛，用肯定的語氣回答道，「姨媽、姨丈，我和家樂確實在同一時間進入了夢幻水晶球樂園，我們還一起玩了好幾個晚上，他最後是給女巫帶走的，那是我親眼見到的，絕無半點虛假！」

張大叔滿腹狐疑，同時已按捺不住怒氣：「小娟，我不知道你在說甚麼，我們已經夠煩了，沒心情再聽你說廢話，你走吧，回去吧！」

「不是這樣的，姨丈！」小娟感到百辭莫辯，正欲辯解下去，隨即又被張大嬸打斷話題：

「小娟，別說了，你讓我們安靜一下好不好？」

「姨媽、姨丈，相信我！」小娟還是不吐不快，把話搶過來說，「家樂還在水晶球樂園裏面，我真的見過他的，我們快想辦法把他救出來吧！」

張氏夫婦逕自坐到椅子上，生着悶氣，不願再聽小娟的一面之詞。小娟自知如何費盡言辭也無法辯解下去，感到十分泄氣，心裏更不是味兒。既然姨丈姨媽已下逐客令，自己唯有默默離開。她朝門口走了兩步，突然卻驚慌起來，臉色發白，向着一個方向大喊：

「不要！不要抓我呀！不要！不要抓我！」

張氏夫婦見狀，異口同聲問道：

「小娟，甚麼事呀？你大叫甚麼？誰要抓你呀？」

小娟指向一個方向，驚恐萬狀，喃喃自語道：

「女巫呀！女巫呀！」

「甚麼？」張氏夫婦一臉驚愕，循小娟指頭的方向望過去，卻沒有看到甚麼。

張大叔搖頭失笑道：「小娟，你瘋了，哪裏有女巫？你在疑神疑鬼些甚麼？」

張大嬸接着說：「小娟，我真的很擔心你，你不要再玩那個水晶球了，遲早會出事的呀！」

小娟急喘着氣，擦了擦眼睛，剛才明明看見那個可怕的女巫，怎麼一下子又消失了？她茫然失落，放慢了呼吸，嘗試鎮定着自己。難道自己已開始混淆了真實與幻覺，甚麼是真，甚麼是假，一下子也分不清楚了。

這時，一股神祕的風聲掠過，呼呼地響。與此同時，空氣中竟傳來一把幽怨的聲音：

「娘，救我！娘，救我呀！」

一聽聲音幾乎暈倒，不知從哪裏竟然傳來兒子的聲音，那是家樂哀怨的求救聲。張大嬸對着空氣，激動地喊着兒子的名字，跌跌撞撞地向着房間跑過去。張大叔馬上跟了上去，只見牀上的兒子仍是昏迷不醒、毫無知覺。他看着失神的妻子，愕然萬分：「娘子，你也瘋了嗎！？你在疑神疑鬼些甚麼？」

張大嬸已控制不住淚水，哀傷地說：「我聽到的，我真的聽到的，那是家樂的聲音！家樂向我求救呀！」

張大叔搖了搖頭，無言以對。

張大嬸淚眼汪汪，欲說還休。

海浪聲從窗外傳來，還夾雜着蟬鳴聲和不知名的昆蟲叫聲。

張大叔已把事情始末說得一清二楚。萬天來兩手合攏着，眼睛望向地上，看來沒有半點破案的把握。

張大叔繼續說：「我們把小娟趕走，家樂還是一動不動的躺着，我們慌得要命，於是連跑帶跳地把家樂抱出去找大夫，經過福德祠的時候看到人頭湧湧，之後發生了甚麼事，你們大概都知道了。」

空氣一下子凝住了。

這確實是一件十分離奇的事情。

萬天來思考了片刻，便對張大叔說：

「我可以看看那個水晶球嗎？」

「當然可以。」張大叔說。

「我還想見見小娟，如果不太晚的話。」萬天來又說。

「不晚，她就住在隔壁。她父母上個月去了省城還沒回來。」張大叔馬上讓張大嬸出去把小娟叫過來，然後自己走進房間拿出一個水晶球來。那是一個小圓球，拳頭般大小，在燭光的映照下閃閃發亮。萬天來接過水晶球，捧在掌心細心觀察，左看看，右看看，卻是百思不得其解。

「平平無奇的一件小東西，怎麼會造成如此大的傷害？」萬天來喃喃自語。

「誰又會猜到它竟然是一件殺人武器？」Uno 插上一句，「——如果它真的能夠殺人的話！」

張大叔看到水晶球卻一時感觸起來：「為甚麼？為甚麼家樂會瞞着我們？為甚麼他這樣不聽話？！」

萬天來問張大叔：「家樂是從哪裏得到這個水晶球的？」

「不知道。」張大叔搖了搖頭，「不是他昏迷了，我們也不會發現到這個水晶球。」

「小娟應該知道。」Uno 隨即說道。

「等她過來就會水落石出了。」萬天來應道，「如何離奇的罪案，總能找到一點蛛絲馬跡，只要能從千絲萬縷的糾纏中找出那個結，就能有機會解開。」

他凝神注視着水晶球，陷入了思考。

這個時候，張大嬸匆匆地跑了回來，喘着大氣喊道：「家樂阿爹，小娟不見了！」

「甚麼？小娟不見了？！」張大叔不無驚訝，「這麼晚她還去哪裏？！」

張大嬸只管搖頭，不知所措。

萬天來和 Uno 面面相覷。怪事連連，這案子看來比他們想像的還要複雜和神祕。現在連唯一可以勉強說是「人證」的人也突然消失了，更讓他們感到束手無策。

巫術之謎

旭日初升，光芒萬丈。

有幾戶人家的公雞，一陣急似一陣的催叫起來。

耀眼的晨光透過雲層撒入海面，海浪一層連着一層湧動過來，海鳥在蔚藍的天空中展翅飛翔。

福德祠前的大榕樹，遠望就是一把綠色巨傘。晨光被層層疊疊的樹葉過濾，漏到萬天來俊朗的臉上。他睜開惺忪的眼睛，一股帶着海腥味的新鮮空氣迎面撲來。

「W，早安！」

那是 Uno 的聲音。

「Uno，早安！你很早起來了？」萬天來坐了起來，揉了揉眼睛問道。

「我沒有睡。」Uno 說。

萬天來怔了一怔，瞪大眼睛望着 Uno。

「你知道嗎，」Uno 又說，「凌晨三四點，很多人還在夢中的時候，漁民大哥已經來到碼頭，駕起漁船，開始新的一天勞作了。」

「你為甚麼不睡？」萬天來不禁發問。

「你忘了嗎？」Uno 說，「我是 AI 特種人，我身體內置了先進的核電池，使用期限是一百五十年。」

「你是說你會有一百五十年的壽命，而在這一百五十年之內，你都不用睡覺？」萬天來感到驚訝。

「理論上是這樣，假若沒有遇上嚴重事故的話。」Uno 笑了笑，然後打趣地說，「所以我很羨慕你可以睡覺。」

「你不用睡覺不是更好嗎？你能花的時間多着呢。」

「一百五十年還不夠用嗎？」Uno 撅起嘴，斜着眼睛看萬天來，然後又說，「其實我並不是沒有休息，如果我停止活動的話，我身體會自動調教至休眠模式，讓我體內的晶片和零件散熱。」

「哦？」萬天來暗吃一驚。他仔細觀察 Uno，怎麼也聯想不到她這具「肉身」之下竟然包裹着各式各樣的零件。

海風吹來，輕撫着臉頰，帶來一絲絲涼爽和舒適，讓人心情愉悅。

「好舒服啊！」Uno 站起來，深呼吸了一下，然後對萬天來說，「我明白你為甚麼拒絕了張大叔和張大嬸的好意，不在他們家過夜了。」

萬天來也站起來，與 Uno 並肩而立，看着廣闊的大海：「我喜歡海，我喜歡躺在沙灘上聽海浪聲，尤其在夏天，那是一種很棒的感覺。」

「海浪的聲音的確像催眠一樣，會讓人慢慢入睡。你昨晚睡得很香，還不斷在打呼嚕呢。」Uno 說。

「是嗎？」萬天來尷尬地笑了笑，然後說，「我做了一個奇怪的夢，這麼多年來，我一直在做着同一個夢。」

「甚麼奇怪的夢？」Uno 好奇地問。

「我夢見自己身處一個黑暗的地方，抱着膝蓋坐在地上，不敢抬頭，還在發抖。不知從哪裏傳來陣陣嘲笑聲，我很害怕，很想逃，但又不知可以往哪裏逃。每次做完這個夢，我總會很不開心。真奇怪，我為甚麼會重複地做同一個夢呢？」

「做夢是人體一種正常的生理和心理現象。」Uno 答道，「夢境是潛意識宣泄的出口，人入睡以後，有一小部分的腦細胞仍然在活動，這個時候就會產生夢境。」

「潛意識？」萬天來更加好奇了，「科學上是怎樣解釋的呢？」

「說到人類的『潛意識』，那是屬於超自然現象，科學界仍沒有任何確鑿的證據，『量子糾纏』也許會給我們帶來一點啟示。但即使如此，我們也不能否定它的存在。世界上有許多千奇百怪的事，還是不能用科學去解釋的，例如人與人之間會出現『心靈相通』，舉個例子，有一對雙生兒，當妹妹在一個地方極度傷心、沮喪痛哭的時候，她的姐姐，即使相隔千里之外，亦會清楚感受到一種莫名的傷感。」

「那是潛意識在作祟嗎？」萬天來問道。

「是的。」Uno 點頭道，「科學確實有它的局限，它只能夠證明某種事物的『存在』，但卻證明不到某種事物的『不存在』。就如空氣，我們無法用肉眼看到，但並不代表空氣不存在呢。」

萬天來在默默思考。

Uno 繼續說道：「很多事情科學確實解釋不到，又例如一些曾經歷死裏逃生的人，事後會說出他們的『瀕死經驗』。」

「瀕死經驗？」萬天來皺一皺眉問道。

「嗯。」Uno 點頭道，「那些死去活來的人，聲稱自己處於生死邊緣之際會感到自己離開了身體，然後還會看到『自己』和身邊的一切。譬如說，他們會看到醫生在手術室內搶救着已經失去意識的『自己』！」

「這是靈魂出竅嗎？」萬天來問。

「有人是這麼說的。」Uno 說，「這些事情科學能解釋得到嗎？再舉個例子，當人進入了深度催眠，會感到自己進入了一個不知名的時空，例如返回了遙遠的過去，甚至前生，重遇一些早已遺忘的人和事。」

「回到前生？那該是很奇妙的體驗。」

「是的。人類意識這回事，真是一個連科學也觸不可及的地方。」

「假如一個人昏迷了，肉體動彈不得，他的潛意識還存在嗎？如果存在的話，又去了哪裏？」萬天來又問。

「你在說家樂和那些昏迷了的兒童是吧？」Uno 說。

萬天來「嗯」了一聲，念頭一轉，又說：「你昨晚有沒有看到，家樂雖然處在昏睡狀態，但是他的眼球轉動速度很快，他不時又會握緊拳頭，而且心跳很不穩定。從種種跡象顯示，他的潛意識活動非常之活躍，內心似乎有極大的情緒翻騰。」

Uno 說：「對於昏迷了的人來講，這些反應確實很不正常。家樂應該是長時間處於一個夢境裏面，而且很有可能是一個噩夢。」

萬天來又說：「家樂雖然昏迷，但他似乎能將一些『情緒』和『感覺』傳遞給他的媽媽。所以，張大嬸會聽到家樂的求救聲，這不就是你剛才說的心靈感應？」

「一點也不出奇。」Uno 說。

「而小娟說在夢裏見到一個女巫，這又如何解釋？那跟潛意識又有關係嗎？Uno，試想一下，如果我們假設家樂的『魂魄』是給『女巫』用巫術『偷走』的話，你不覺得很荒謬嗎？」

假如一個人昏迷了，肉體動彈不得，他的潛意識還存在嗎？如果存在的話，又去了哪裏？

精華片段

AR

Uno 未及回答，萬天來又說：

「我知道，小娟所講的都只是在她夢境裏發生的事，未必能夠當真，但我認為我們先不能夠否定任何有可能發生的事，以免造成破案的盲點。」

「是的。」Uno 點頭同意，「每一個細節，縱然稀奇古怪，但也許能轉成破案的關鍵。」

「Uno，我想先了解一下，巫術是甚麼？」這就是萬天來的性格，總是要把每一件事情都想得通透、想得徹底。

「巫術在世界上很多地方都早有歷史。在中國，早在商周時期就有巫術，很多原始部落都有巫術信仰。」Uno 說，「所謂巫術，就是企圖借助超自然的神祕力量，對某些人或事物施加影響，作出控制。古人相信，某種人是有異於常人的神祕能力，他們叫這些人做『巫師』或『祭司』。而在歐洲，從十五世紀開始，因為宗教思想上發生了巨變，為了保持上帝在人們心目中的權威地位，這些擁有超自然能力的『巫師』就開始遭受到大規模的審判和屠殺，數以千計的『女巫』被送上斷頭台，又或者被人用水浸死、用火燒死，之後巫術就好像突然銷聲匿跡，人類也開始逐漸遺忘了。」

「人類遺忘了，但巫術有沒有消失呢？」萬天來問。

「被邊緣化了的巫術，只能隱藏在社會的陰暗角落，一般人是不容易察覺到的。」

萬天來想了想又說：「就算我們真的把這宗案件看作是『魂魄偷竊案』，那我們總要知道犯罪動機是甚麼呀？又不是金銀珠寶，那女巫偷來幹嗎？」

「除非整件事跟『黑巫術』有關。」Uno 說。

「黑巫術？！」萬天來怔了一怔。

「那是一種用來嫁禍別人或者報仇的手段。」

「報仇？！」萬天來提高嗓子說，「誰要報仇呢？為甚麼要報仇？難道那些天真的小孩會跟人家有十冤九仇？他們犯了甚麼錯要這樣對他們報仇？」

「這背後肯定隱藏着一個不可告人的祕密。」Uno 不假思索便說。

萬天來靈機一動，沉聲地說：

「那我們將這個『女巫』找出來吧，只有她才知道真相。」

Uno 疑惑地問道：「那只是一個出現在小娟夢境裏的『女巫』，我們怎麼把她找出來呢？」

萬天來呼了一口氣，冷靜地分析道：

「我們是不該放過任何一個可疑的線索的。如果能夠證明小娟夢中的女巫確實存在於現實世界，那麼我們大概就能夠肯定這一宗案件與巫術有關。無論如何，我們就從這裏抽絲剝繭吧。只要把所有的不可能都剔除後，剩下的雖然讓人難以置信，但那就是真相。」

Uno 皺起眉頭，思考着這句話的意思，然後問：「那我們下一步該怎樣？」

「根據小娟的形容，那女巫是一名洋婦，滿面皺紋，有一頭長長的捲髮，眉毛好長，說話時聲音很尖銳，指甲又長又尖，左腳有些殘廢，走路的時候一拐一拐的。我們四出打聽打聽，看看能否找出這個女人。」

「W，」Uno 輕輕一笑，「你看來對科學已產生懷疑。」

「世事無奇不有。」萬天來回道，「正如你所說，有些事情永遠不能用科學來解釋的。起碼到目前為止，我想不出還有其他甚麼方法可以挽救家樂和那些孩子。無論如何，我們得快速行動。如果我們破不到案，九十九個小孩便會在今晚全部死去，那我們就白來一趟了！這個歷史疑團一定要解開！我也不想讓張大叔和張大嬸失望！事不宜遲，我們分頭行事吧，無論結果怎樣，中午先回到這兒集合再說。」

就這樣，兩人便分道揚鑣，各自出發尋找證據。

海風忽然變大，突然一個巨大的浪頭湧來，幾個孩子嘻嘻哈哈地打着水仗。沿岸停泊着漁家的帆船，大風颳得船帆蓬蓬的叫。

那邊，一條駁船泊岸了。只見一批精壯的英國水手前呼後擁地走上岸。這些水手一身怪異的西服，手中拿着酒瓶，早已把自己灌得酩酊大醉。他們一喝起酒來常常毫無節制，大呼小叫，旁若無人。

一羣孩子衝了上去，伸手向水手討東西。

「糖果！糖果！」

其中一個小孩捏着一小撮頭髮，追着水手問：

「有水晶球嗎？有水晶球嗎？」

有些水手會給小孩打賞一些西洋糖果，有些卻乾脆把他們一手撞開，破口大罵，嘴巴滿是污言穢語。他們一大幫人趾高氣揚，大搖大擺地往村子裏走去，嚇得大人連忙拉開小孩，生怕禍事惹到身上來。

他們一大幫人趾高氣揚，大搖大擺地往村子裏走去，嚇得大人連忙拉開小孩，生怕禍事惹到身上來。

精華片段

AR

YouTube

叫天不應

虛空中，巨大的水晶球在黑暗中閃爍着詭祕的光芒。不知哪裏傳來神祕的號角聲，低沉而響亮。一大隊人偶把守着整個迷幻的空間，他們兇神惡煞，不苟言笑，威懾着一切。

四周的溫度驟然下降，家樂彷彿能看到自己呼出的白色氣息。此刻的他緊張得全身冒冷汗，臉色蒼白，一見到自己身上掛滿沉甸甸的金銀珠寶，憤然地把它們扯脫下來。

「不要！我不要了！我不要這些東西了，我要離開這兒！」

他大聲喊道，並焦急地四處亂竄，想要找出逃生的出口。可是，任憑他怎樣繞來繞去，這裏就像一個巨大的迷宮，始終找不到出口。還好，他竟能在不同的暗角發現了其他孩子，總算有人陪伴。可是這些孩子由於驚慌，也不知多久沒有好好休息過，兩眼已經發黑，神經不安地瑟瑟發抖。可想而知，被關在這暗無天日的空間，沒法再見父母和家人，這些孩子的內心苦痛難言。

突然，一隻巨大的蠍子破空而出，來勢洶洶。蠍子非常生氣，眼泛兇光，對家樂和孩子展開激烈的追逐。一個男孩走避不及，蠍子伸出螯針，對準男孩的脖頸叮下去。毒液以摧枯拉朽之勢，瞬間結束了男孩的生命。其他小孩開始哀嚎。家樂的腦袋甚麼也不想了，只管不停地跑，在遇到危機時，爆發出無窮的求生力量。

「你們不用怕，我們一起走！」家樂發號施令般高喊道。

眾孩一下子彷彿被燃點了希望，紛紛走向家樂那邊。

「哥哥，現在不是我們不想走，是我們怎麼走也走不出這個空間呀。」一個孩子驚慌地說道。

「不會的。」家樂鼓起勇氣，並對小孩吩咐說，「來！我們分工合作，你找這邊，你找那一邊，一定能找到出口的！」

「好！」大家異口同聲地喊道。

「快！」家樂說，「不趕緊離開就來不及回家了，但小心點，千萬別驚動那些可惡的人偶！」

眾孩繼續四處尋找逃生的出口。可是這個神祕的空間似乎沒有邊界，無盡的黑暗在每個方向延伸，任憑他們如何拼命地跑，最後總是沒有出路，無法逃出。

「哈哈哈哈！哈哈哈哈！」

一陣滿懷惡意的笑聲從遠處傳來。

家樂的心跳加速，他感到一股寒意從脊背升起。他帶領着一大羣孩子奔跑，試圖逃離那個聲音的來源。但無論他如何努力，那聲音似乎總是在他們的身後緊追不捨。

未幾，一隊面目猙獰的人偶已踏着大步走來。他們的首領指着孩子大聲喝罵：

「哼！你們休想逃跑，不要痴心妄想了！」

家樂怒喝道：「我們不玩了，我們要回家！出口在哪裏？」

快！不趕緊離開就來不及回家了，但小心點，千萬別驚動那些可惡的人偶！

精華片段

AR

YouTube

「出口？」人偶首領哈哈大笑了幾聲，然後回應道，「出口就在我身後，走吧！出去吧！」說罷竟讓出一個空間，讓家樂和孩子通過。

那是一扇懸浮在空中的門，但只見門框，門框外有無數條烏黑的蛇在來回竄動，門內漆黑一片，根本看不見盡頭，像是一個無底深潭。

眾孩走到門前，停下了腳步，慌張起來。誰都不敢向門外跨出一步。

家樂感到一種強烈的衝動，他們必須穿過這扇門，離開這個可怕的空間，於是鼓起勇氣對大夥兒說：

「不要怕！勇敢一點，我們深呼吸一下，然後閉上眼睛大步跨過去！」

眾孩十分驚慌，猶豫不決。這時，他們身後又傳來人偶首領的喊聲：

「你們想清楚，你們一走進去就會被溶解！」

幾個女孩已被嚇得大哭起來。家樂喊道：「不要被他嚇唬到，要不然我們試一下，看看是不是一走出這裏，我們就會被溶解。」

「試一下不就知道了。好，就試試吧！」一個孩子附和說。

「誰敢試呀？死了誰來賠命？」另一個孩子卻顯得極度驚慌。

家樂靈機一動，把身上最後一件珠寶項鍊摘下來，向着那扇門抛過去。

果然一離開這扇門，項鍊馬上溶解，發出嗤嗤的聲音，升起淡淡煙霧，跟着變成一灘急墜地面的溶液，並發出惡臭。

看到這個情景，所有孩子都駭住，目瞪口呆。這麼堅韌的金屬也能化於無形，何況我們的血肉之軀？想到這裏，莫不毛骨悚然。

那邊，人偶首領大聲喝道：「我們一早給你們警告過了，是你們自己玩過頭，現在休想離開了！哈哈！哈哈！哈哈哈哈！」

「救命呀！」家樂既憤怒又恐懼，只管無助地大聲呼叫，「爹！娘！救我們出去呀！」

其他孩子也跟着大聲呼叫：「爹！娘！救我們出去呀！」

人偶首領訕笑一聲，然後說：「你們儘管喊，大聲的喊吧，這裏叫天不應叫地不聞，沒有人會進來救你們的！哈哈哈哈！哈哈哈哈！哈哈哈哈哈！」

他的狂笑聲瀰漫在空氣中。

原本明亮的世界已被黑暗所吞噬。

不遠處，彷彿看見一個巨大的女巫身影，在水晶球前張牙舞爪。磷火般的藍色目光，徑直射向家樂和其他孩子身上。鮮紅的嘴巴猛地張開，裸露出白晃晃的獠牙，翻滾着殷紅的長舌。這一瞬間，所有孩子都被嚇得膽顫心寒，渾身大汗淋漓，心撲通撲通地跳個不停，直愣愣地望着漸漸逼近的女巫。

他們只管大哭大叫，但喉嚨乾得彷彿裂開似的，想喊卻怎麼也喊不出聲來。

一波未平

烈日當空，火傘高張。

萬天來和 Uno 奔走在尖沙嘴一帶的村落裏，挨家挨戶地拍門，也發動起村民四出查探，像漁翁撒網般打聽着小娟口中所描繪的那個女巫的下落。

漁民是這片土地上最常見的身影，他們被海風和陽光雕琢出歲月的痕跡，皮膚黝黑而光亮。半夜清晨他們已提着油燈出海捕魚，滿懷希望地撒下漁網，直到天光亮才駕着漁船滿載而歸，把漁穫拿到魚市場銷售。

村裏的婦女有的在簡陋的灶台邊忙碌，為家人準備簡單的飯菜；有的則在屋前晾曬漁網，一邊勞作一邊閒聊，談論着家長里短。小孩在狹窄的街巷中嬉戲玩耍，還有一些小商販，挑着擔子走街串巷，吆喝着販賣着為數不多的小商品，包括剪刀、火柴、銅鏡、瓷碗等。

萬天來和 Uno 按照約定時間，在太陽最猛的時候回到福德祠前的大榕樹下會合，並在附近一家小店用膳充飢。讓人失望的是，他們打聽不到任何可靠消息。到底小娟口中的女巫是否真實存在？這樣四出查問看來只是大海撈針，毫無把握。

萬天來漫無頭緒，調查沒有進展，距離兒童集體死亡的時間只剩下半天。那該怎麼辦？

「我打聽到水晶球是從英國水手那裏得來的。」Uno 突然記起來。

「英國水手？」萬天來警覺起來。

「是。整件事看來和他們有關。」Uno 說。

「好。」調查看來有了新的方向。萬天來想了想說，「那我們繼續找證據，把真兇抓出來！」

他們正要出發，只見一個村民氣喘吁吁地跑過來，向着店內大喊：

「有人打架！有人打架呀！」

「發生了甚麼事？」店內的夥計伸長脖子問道。

「福德祠那邊有一幫番鬼流氓醉酒鬧事，不但調戲良家婦女，還把祠內的神像給打砸了，村裏的人怎麼能放過他們？也不知是誰先侵犯對方，兩幫人互相推撞，拳來腳往，然後更大混戰起來！」

不少食客已紛紛走出店外，跟着那村民跑過去看熱鬧。萬天來和 Uno 也跟着一起來到福德祠前，剛好看到眼前這一幕。

一大羣洋人水手已作鳥獸散，朝海邊的小艇跑回去。海面上停泊了許多英國大商船。這邊的村民鼓噪起來，向着水手的方向大罵「滾蛋！滾蛋！」，然後發出了一片歡呼聲。受傷的村民一個又一個從地上爬起來，他們還以為自己這一方得勝了，但在眾人開始散開的時候，竟發現地上還躺着一個人。只見他的臉伏貼在地上，後腦勺上紮着辮子，剃光的前腦殼往外冒血。村民連忙把他抱起來。他的臉被打壞了，鼻子被打破了，嘴巴也歪了，滿臉都是血。不過，還能認出他是誰。

「這不是阿喜嗎？」

「是林維喜呀！哎喲，給扁擔打得真慘啊！」

有人伸手去探那男人的鼻息，竟發現已沒有呼吸。大家一下子都慌了神，幾個婦孺嚇得掩臉哭叫，圍攏的人愈來愈多了。有個目擊事件經過的女人說：

「我見到七八個洋鬼子把他圍住，有人揪着他的辮子，阿喜是給洋鬼子用扁擔活生生打死的！」

「這可糟了，先把他抬回去吧。快通知陳村長！快！」

羣眾開始激動起來。

「殺人償命！殺人償命！」

「趕走洋鬼子！趕走洋鬼子！」

「替阿喜報仇！替阿喜報仇！」

在一陣喧鬧聲中，村民合力把林維喜抬走。

羣眾散去以後，Uno 凝神一想，然後說：

「林維喜兇殺案，發生在道光十九年五月廿七日，陰曆 1839 年 7 月 7 日。這宗命案將會引發中英之間一場大戰，也將會扭轉香港的命運。」

我見到七八個洋鬼子把他圍住，有人揪着他的辮子，阿喜是給洋鬼子用扁擔活生生的打死的！

精華片段

AR

YouTube

「想不到我成為了這宗命案的目擊證人。」萬天來抓了抓頭，想了想又說，「現在連大人也出事了，看來香港真的受到了黑巫術的詛咒。」

「一波未平一波又起。」Uno 邊思考邊說，「這件事和兒童集體昏迷會有關連嗎？」

萬天來聳聳肩說：「但肯定跟上岸的水手有關。我們離真相愈來愈近了，爭取時間吧，繼續打聽，太陽下山前我們再回到這兒集合。」

「好。」Uno 點頭道。

兩人一東一西，向着相反的方向走去。

以身犯險

小娟躲在後山一條溪澗旁邊，盤坐地上，面對着一個閃亮的水晶球，雙目無神，嘴裏念念有詞：

「麻利麻利麻利空！麻利麻利麻利空！」

只見她身體左右搖擺，投入忘我，面前的水晶球在閃爍閃爍，發出神祕的光束，十分鬼魅。

突然，張大叔和張大嬸找到來，兩人一看到那水晶球，登時怔住了。

「小娟，你在幹嗎？」張大嬸吃驚地問道，「你幹嗎躲在這兒？我們找你找了大半天了！」

張大叔已衝上前去，將小娟的手抓住，帶着一絲斥責的口氣，喊道：「小娟，你別再玩了，我怕你遲早會出事呀！」

「姨丈、姨媽，我要進去把家樂救出來，你們別阻止我！」小娟懇求地看着他們的眼睛，希望得到他們的同意。

「我們很擔心你呀！」張大嬸厲聲說道，「現在每天都有人出事，難道你想變成家樂那樣嗎，嗄？！」

小娟搖了搖頭說：「姨媽、姨丈，我很內疚。我知道家樂還在裏面，我可以肯定，他是在等着我們去救他的呀！」

小娟既難過又激動，既焦慮又沮喪。

張大叔的內心也十分矛盾複雜，他深吸一口氣，以理智壓抑着情感，然後大聲喝道：「小娟你聽着，我現在就以你長輩的身份，不准你這樣做！」

張大嬸惘然若失，含糊地說：「是呀，你一旦出了甚麼事我怎麼向我大姐交代呢？！」

「不會出事的！」小娟連忙反駁道，「不會的！家樂還小，不懂分辨是非真假。我長大了，相信我，我一定會保持清醒、保持警覺，我一定會平平安安地把家樂帶回來的！」

張氏夫婦心潮澎湃，思緒萬千，一下子說不出話來。

小娟焦急地說下去：「姨媽、姨丈，只要還有一線生機，我們都不應該放棄的，是嗎？我們是不能夠再等下去的，再等下去的話家樂就會沒命——」說到這裏小娟已噎住了。

張氏夫婦的心頭顫動了一下，態度明顯已軟化下來。

「這是最後一次機會，讓我試試吧！」小娟繼續苦苦哀求，「最後一次，就這麼一次！」

張氏夫婦互相交換一個眼神，依然猶疑不決，難作抉擇。

小娟一再堅定地說道：

「這樣吧，你們在旁邊看着我，給我一個時辰，如果一個時辰之後我沒有回來你們就把我叫醒、把我打醒，好嗎？」

就在這樣無比複雜的心情下，夫婦二人終於妥協，縱使眼神流露着不安，卻默不作聲地微微點頭了。

只要還有一線生機，我們都不應該放棄的，是嗎？我們是不能夠再等下去的，再等下去的話家樂就會沒命——
精華片段
AR
YouTube

喬裝出行

太陽沉下去了，天色暗得昏紅，起了一陣風，吹在身上，温濕温濕的，吹得 Uno 那一頭銀色短髮也顫動起來。她在福德祠前的大榕樹下來回踱步，內心焦急萬分。這麼晚了，怎麼 W 還沒有回來？他究竟去了哪裏？難道他遇上了甚麼危險？她開始責備自己，她是不該讓 W 單獨行事的，假若遇上不測，她將要負上所有責任。她實在太粗心、太大意了。

她打聽不到女巫的下落，村民林維喜之死也讓她無法在任何水手身上入手。命案發生以後所有水手都撤回到船上去，英國商人亦封鎖了所有消息，船上戒備森嚴，任何閒雜人等更不得接近。她唯一打聽到的，就是幾條村加起來已有九十八個小孩相繼昏迷了。這些小孩失去意識，變成了沒有魂魄的軀殼。如此荒誕的事情實在令人匪夷所思。如果他們找不出元兇，這些小孩將會在今晚全部死去。

懊惱之際，迎面走來一個醉醺醺的少年，面紅耳赤，滿面污泥，一副邋遢的樣子。Uno 感到十分愕然，從對方的身材和高度看來，她估計是萬天來，可還是再三審視一番才敢肯定。

「W？」Uno 瞇起眼睛問道。

那人卻唱起歌來：

河邊有隻羊
羊邊有隻象
象邊有隻馬騮精
好似你咁樣！

那人指一指 Uno，然後在大榕樹下一屁股坐下來，發出「喔呃」的聲音，那是喝下酒在胃裏發出的怪音。

「W，你為甚麼把自己弄得這麼骯髒？」Uno 好奇地發問，同時感到濃濃的酒味撲鼻而來，「你看你，喝了很多嗎，整塊臉都漲紅了。你不能喝酒的你知道嗎？」

「Uno，你不知道嗎，今天剛好是我的生日，我十八歲，成年了。哈哈！就算我未成年，只要能救人，喝點酒又何妨？」萬天來舒展開雙腿，扭動兩下，咯咯地笑出聲來，「哈哈哈，果然不出我所料，哈哈哈！」

「你找到女巫了嗎？」Uno 緊張地問道。

萬天來眼眸一動，散發出異樣的神采：「我根據村民提供的資料，去了赤磡村那邊，找到了奇奇莫拉。」

「奇奇莫拉？」Uno 吃驚地問，「她就是小娟夢中的那個女巫嗎？」

萬天來擦擦前額上的汗珠，然後說：「這裏是華人聚居之地，要找出一個洋婦有多難？還是個滿臉皺紋，左腳殘廢，聲音尖銳，一頭捲髮的女人，那就只有那麼一個。果然，這裏真的有女巫！」

「你真的找到她？你跟她當面對質？」Uno 追問。

萬天來調笑道：「我怎會隨便打草驚蛇呢？」

「那你找到些甚麼線索嗎？」

萬天來揉了揉自己的太陽穴，低頭瞧着自己那依舊滿身酒氣的樣子，蹙着眉說道：

奇奇莫拉？就是小娟夢中的那個女巫嗎？你真的找到她？

你跟她當面對質？

精華片段

AR

YouTube

「她住在赤磡村一條街道的盡頭，如果我沒有想錯的話，赤磡村就是以後的『紅磡』一帶。那裏家家戶戶都在種蔬菜、養雞鴨。那條小街有些偏僻，一般人不會走進去，她住的木屋看來是日久失修，十分殘舊。就這樣，我在她的家附近來來回回觀察了很久，希望等她出來一睹她的廬山真貌。」

「她有出來嗎？她真人長甚麼樣子的？跟小娟說的一模一樣嗎？」Uno 發出一連串的問題。

萬天來搖了搖頭說：「我沒有見到她。」

Uno 期待的事情落空，心裏有些失望。

「但是，我在她的屋子後面找到一條小巷，那裏通向一塊田地。」

「田地？」Uno 問道，「所以你就打扮成為一個農民？」

萬天來點點頭，嘴角牽起一抹自信的微笑：「我還會唱他們喜歡的鹹水歌。你知道嗎？這首歌我小時候就聽過，原來一百多年前的人已經在唱了。」說着又哼唱起來：

河邊有隻羊
羊邊有隻象
象邊有隻馬騮精
好似你咁樣！

「Uno，你知道嗎，」萬天來又說，「那羣農民是很講義氣的人，他們之間互相關照、互相幫忙。如果你能夠打進他們的圈子，就會很容易得到你想知道的一切。」

Uno 揚一揚眉，細心聆聽。

「我主動幫他們除雜草，辛苦地幹活了一個下午，很快便跟他們打成一片，之後他們坐下來喝酒，說了很多我想知道的關於奇奇莫拉的祕密！當然，他們也說了很多我並不想知道的關於附近其他居民的生活情況，不過我就只能夠很有耐心地聽。」

Uno 心急地追問：「他們說了些甚麼祕密？奇奇莫拉到底是個怎樣的人呢？」

「唉！」萬天來搖搖頭，歎了一聲，說道，「她是一個十分可憐的女人。」

「哦？」

Uno 皺起眉頭，豎起耳朵，洗耳恭聽。

成魔之路

天空漸漸黑了下來，像是被甚麼遮住了一樣，只有一點星辰透過雲層，發出微弱的光芒，照亮了整個夜晚。村裏有個習俗，就是在村口的涼亭裏放些茶水，給路人提供方便。萬天來喝下一碗水，繼續訴說奇奇莫拉的故事：

「她以前住在英國郊野的一條農村，但父母早死，自小在親戚家中寄人籬下。她出生巫術世家，但一早放棄了這門法術，也一直隱瞞着這個身世，很早就嫁人了。結婚不久，她的丈夫為着走上一條致富的捷徑，跟隨幾個夥伴跳上一艘英國商船當起了水手，飄洋過海，往返倫敦和廣州兩地。不幸的是，她的丈夫在一次遠航的途中病死，屍體被丟進大海裏。奇奇莫拉聽到消息晴天霹靂，這時候她已懷有身孕。鄉村的人很信邪，說她是天煞孤星，只會連累身邊所有的人。就這樣，她被認定是一個不祥之人，人人避之則吉，有人甚至見到她便向她吐口水，用粗言穢語把她奚落一番。她自小受盡欺凌，丈夫死了以後更是抬不起頭做人。」

撇除奇奇莫拉是個女巫這一點，單憑聽到她身世的故事，Uno 着實替她感到十分難過。

萬天來繼續說下去：

「她的兒子叫『森姆』，是個遺腹子。兩母子相依為命，奇奇莫拉十分痛愛森姆，母兼父職，辛辛苦苦地撫養着孩子。奇奇莫拉一直不肯相信丈夫已死的消息，為了逃避村民對她的歧視和侮辱，她買通了船上的人，帶着只有幾歲大的兒子離開英國，跟着船隊來到廣州萬里尋夫。最後，丈夫找不到，她又不知從哪兒聽到丈夫來了香港的消息，於是便輾轉來到這兒，可是丈夫依舊找不到，她也不願回去英國，便在這兒定居下來，開始了新生活。」

「一個女人出門在外無依無靠，無親無故，還帶着一個小孩，那是很不容易的。」Uno 說。

「是的。」萬天來說道，「在香港，她不得不為生存想方設法，以她的身份，因為語言能夠溝通，她便順理成章地跟那些走私鴉片的英國商人扯上關係，給他們提供補給，包括糧食與食水，這樣兩母子的生活便有了保證，雖然賺錢不多，但她和森姆過得還是挺好的，也自由了，不用每天一出家門就受盡白眼，毫無尊嚴，多年來還學會了這裏的土話。」

「母親這麼辛苦，森姆應該很感恩，很孝順。」Uno 說。

萬天來搖搖頭，回答道：「可惜事與願違，情況剛剛相反。」

「為甚麼？」Uno 感到奇怪。

「奇奇莫拉把所有的錢都花在森姆身上，要麼給他買吃的，要麼給他買穿的，寧願自己不吃不穿也要讓兒子吃得好穿得好。可惜的是，愛他變成害他，森姆被寵壞了，人變得愈來愈任性、反叛，跟了一幫豬朋狗友天天去混，最要命的是染上賭癮，沉迷賭博，輸了錢就找奇奇莫拉還債！」

十賭九騙，這是賭博的定律。Uno 心裏在想。

「開始的時候森姆還會感到懊惱，輸了錢回家還會向母親說甚麼要改過自新，又揚言會戒賭。最初奇奇莫拉還相信他會悔改，代他還債。可惜，當債務一清，森姆又故態復萌，賭癮發作時更會瞞着奇奇莫拉四出借錢。奇奇莫拉一次又一次地原諒他，一次又一次地幫他填債，辛苦賺來的血汗錢都被他榨乾了。」

「奇奇莫拉表面上是幫了孩子一把，實際上是把孩子又推向深淵一步。」Uno 感慨道。

萬天來點了點頭道：「就這樣，森姆愈來愈債台高築、泥足深陷。兩母子不知爭吵了多少遍，弄得家無寧日。森姆為了得到賭本，無所不為，不但把家裏的東西都拿去典當，還多次偷了奇奇莫拉的錢。所謂日防夜防，家賊難防，奇奇莫拉終於忍無可忍，一怒之下就把森姆趕出家門。森姆從此不再回家，不知所終了。」

萬天來輕歎了一聲又說：「奇奇莫拉終日以淚洗面。她日思夜想，每當午夜夢迴，口中不自覺地喊着兒子的名字，每回醒來就心痛不已，那是一種折磨，讓她苦不堪言。然而，禍不單行，有一次她家裏發生火災，奇奇莫拉逃生時不慎跌斷了腳。三個月後，村民找上門，說在一個地下賭場附近找到了森姆，當時已經昏迷不醒，原因是後腦受到硬物襲擊所致。」

所謂日防夜防，家賊難防，奇奇莫拉終於忍無可忍，一怒之下就把森姆趕出家門。森姆從此不再回家，不知所終了。

精華片段

AR

YouTube

「是誰襲擊他呢？」Uno 問道。

萬天來聳了聳肩說：「債主？劫匪？沒有人知道。就這樣，森姆失去了知覺，一年過去了，他就是那麼一直躺着，昏迷不醒。」

「這是急性腦部創傷，病人處於持續性植物狀態，即是俗稱的植物人。」Uno 作出分析，然後又問，「那奇奇莫拉之後怎樣？」

「之後她變得古裏古怪、瘋瘋癲癲，經常亂發脾氣，見人就罵，罵人把她心愛的兒子給帶壞了，一時哈哈大笑，一時又哭哭啼啼，披頭散髮，把自己弄得神憎鬼厭，沒有人敢親近她了，除了老黃——」

「老黃？」Uno 好奇地問。

「他是赤磡村裏面一個老農夫，他和奇奇莫拉認識很久，看着森姆長大，在奇奇莫拉最失意落魄的時候曾經幫她一把，所以算得上是奇奇莫拉最信任的朋友。老黃喜歡杯中物，我就實行奉陪到底。喝了幾杯，他就開始滔滔不絕起來了。他跟我講，奇奇莫拉救兒心切，在大半年前開始重修巫術，因為她相信巫術可以讓森姆『甦醒』過來。」

「甚麼？！」Uno 瞪大眼睛問道，「所以她就想到要村裏的孩子來賠命？！」

「是。」萬天來說，「奇奇莫拉在九十九個水晶球下了毒咒，然後讓那些水手把水晶球分給村裏的孩子，讓他們帶回家裏玩。」

「這是借刀殺人呀！」Uno 十分驚訝，「那些水手為甚麼要幫她呢？」

萬天來牽一牽嘴角說：「上岸的水手都會找她，除了可以拿到糧食和水，還會得到很多岸上吃喝玩樂的情報，例如那兒有酒喝、那兒有女人等等。作為交換條件，奇奇莫拉會利用他們把水晶球分發給小孩。當然那些水手也不會知道水晶球中所隐藏的邪惡目的。每個晚上一到子時，奇奇莫拉便會開壇作法，透過巫術把那些正在玩水晶球的小孩的『魂魄』勾引過來。她跟老黃說，只要能讓她把九十九個『魂魄』勾引回來，森姆便會甦醒，到時候她兩母子就可以團聚了。」

Uno 驚訝得打了一個寒噤：「這個奇奇莫拉真可惡，竟然想用九十九條無辜的生命來換取自己兒子的一條命？她這個人太惡毒、太恐怖了！」

「不惡毒就不是女巫了。」萬天來輕歎一聲。

Uno 想了想又說：「我們不能讓她得逞的，現在既然有了證據，我們馬上通知陳村長吧，控告她意圖謀殺！」

「現在剛剛死了一個村民，陳村長夠麻煩了，我們還能指望一個癮君子來幫忙嗎？」萬天來無奈地歎口氣，「我已經通知了張大叔，現在只好等待時機，還沒有把那些孩子救出來之前，我們是不能輕舉妄動的。」

「這個奇奇莫拉心腸歹毒，」Uno 又問，「為甚麼那個老黃沒有阻止她呢？」

萬天來答道：「在老黃的眼中，奇奇莫拉不過是一個精神失常、語無倫次的可憐女人。她說的都是瘋言狂語、無中生有的東西，又怎會想到要去阻止她呢？」

Uno 搖搖頭，一想，突然臉色大變，急叫道：「糟糕了！糟糕了！糟糕了！」

「怎麼啦？」萬天來問道。

「剛才村民說已經有九十八個孩子昏迷了，就差那麼一個！要是再多一個孩子昏迷，奇奇莫拉的陰謀就會得逞了！」

萬天來的心頭猛然一震。

就在這時候，張大嬸驚惶失措地跑過來。

「張大嬸，怎麼了？」萬天來問。

「小娟出事了，小娟出事了！她在玩那個水晶球而昏迷了！」張大嬸喘着大氣，慌張地說。

「甚麼？！」萬天來大吃一驚。

Uno 愣了半晌，搖了搖頭，嘴裏喃喃地說：

「W，第九十九個了！」

開壇作法

隨着一陣陣狂風大作，天空烏雲密佈，一瞬間把皎潔的明月給遮蓋了。

幾下閃電掠過長空，伴以轟的一聲悶雷。

眼前是一間破舊的木屋，木屋前面有一個殘破的小院子，參差不齊的木樁子在院前圍了個圈。在閃電的照射下，木屋顯得格外陰森。微微敞開的一扇窗戶，隨着一陣強風吹過，發出奇怪的響聲，似鬼哭若狼嚎，好不恐怖。

室內光線黯淡，只有微弱的燭光照明。昏黃的燭火搖曳不定，彷彿隨時都會被黑暗吞噬。在昏暗的燭光下，屋裏的狀況依稀可辨。

周圍的架子上擺滿了各種瓶瓶罐罐，裏面裝着密密麻麻的蜈蚣，牠們焦躁地爬動，發出令人心煩意亂的沙沙聲。還有色彩斑斕卻透着邪惡氣息的毒蛇，牠們扭曲着身體，互相纏繞着，吐着舌頭發出「嘶嘶」的聲響。

一個水晶球在屋子的角落中閃閃爍爍，十分詭祕。水晶球的後方排列着一個又一個用稻草捆紮而成的人偶，每個人偶上面都寫上了一個名字，還附有頭髮、指甲或衣物碎片。

奇奇莫拉正端坐在水晶球前。水晶球內彷彿有許多人影在掙扎，還隱約傳來一聲聲低呻和哀鳴。

奇奇莫拉面容枯槁，眉毛很長，眼神深邃，透着一股令人膽寒的冷光。一頭長長的捲髮，像海藻一樣飄逸下來。一張飽盡風霜的臉上，歲月的霜刀佈滿了整個臉頰。她手中拿着拐棍，指甲很長，猶如彎彎的爪子，身上穿着皺巴巴的大衣，身邊還養有一隻黑貓，那麼確實可以認定她是女巫了！

只見她身邊躺着一個臉色蒼白，眼窩深陷，看來幾乎完全沒有生命跡象的人。他是奇奇莫拉的兒子森姆，昏睡一年了，一動不動，全身被棉被緊緊地包裹着，只露出頭部。水晶球的閃光映照在他蠟白的臉上，讓人清晰地看到他眼眶四周有着深黑萎縮的痕跡，枯癟的雙頰因缺水而發紫，顴骨在塌陷的臉上像退潮後的礁石那樣突出來。

奇奇莫拉這天看來十分歡快，在她那薄薄的弧形的嘴角上泛現出一絲淒涼的笑意。她細心地觀察着水晶球，並用指頭點算着人偶的數目。

「……九十三、九十四、九十五、九十六、九十七、九十八、九十九！哈哈哈哈哈哈！夠了！夠了！終於夠了！哈哈哈哈哈哈！」

奇奇莫拉正在開壇作法，她張開雙臂，興奮地用她那古怪刺耳的聲音大叫。

「我等這一天等太久了，我終於等到了！」

只見她開心得手舞足蹈，浮現在臉上的笑意愈來愈濃。她的牙齒全黃了，讓她笑起來非常難看。

突然，奇奇莫拉又哀傷起來，緩緩地走到昏睡的森姆身旁，茫然地望着兒子僵硬的身體。

「好兒子，媽媽好想你，今晚就是你甦醒的日子，媽媽很開心啊！上天總算對我仁慈，讓我這個無親無故的女人，終於可以和我的兒子團聚了！」

奇奇莫拉望向窗外，好一個烏雲蓋頂的晚上。她悲喜交集，再次走到水晶球前，慢慢地閉上眼睛，屏息靜氣，凝神貫注，她乾枯的雙手在空中舉着，對着水晶球念念有詞：

「麻利麻利水晶晶！
麻利麻利水晶晶！」

遠方漆黑的天空，忽然吐出一片慘白耀眼的光，只見一道閃電劈下來，打到大地上，接着雷聲隱隱傳來，愈來愈近，愈來愈響，然後轟隆一聲，大地也隨之在微微地戰慄着。頃刻間，雨嘩啦嘩啦地傾瀉下來了。奇奇莫拉喃喃念咒施法，彷彿接通了天地。

「天靈靈、地靈靈，各路神仙快顯靈，賜我法力吸精靈！九九魂魄盡湮滅，還我一個骨肉情！」

閃電刺破黑夜，這兒一道，那兒一道，彷彿要把大地砍開；雷聲像爆炸似的轟隆隆地響起，十分可怕。

「哈哈哈！哈哈哈哈哈！」

奇奇莫拉凝望着水晶球，熒熒幽光將她的臉襯托得更加蒼白，更加陰冷。

天靈靈、地靈靈，各路神仙快顯靈，賜我法力吸精靈！
九九魂魄盡湮滅，還我一個骨肉情！

精華片段

AR

YouTube

「哼！你們這些小孩玩夠了吧？今晚就讓我把你們的魂魄吸走！都交給我吧，哈哈哈！哈哈哈！」

奇奇莫拉歡喜若狂，額頭和嘴角兩旁深深的皺紋裏似乎也蓄滿笑意。她走到水晶球後方，隨手拿起一個人偶，然後拿起一把生銹的匕首，毫不猶豫地劃破自己的手掌，將滴下的血灑在人偶身上。隨着血液的滲入，人偶竟然開始泛起幽幽的紅光，像是被喚醒的惡魔之眼。

然後，奇奇莫拉從一個瓦罐中挑出一隻巨大的蠍子。蠍子的尾巴高高揚起，毒刺在燭光下閃爍着幽藍的光芒。奇奇莫拉小心翼翼地撿起蠍子，將牠的毒螯對準人偶的心臟位置鉗去，嘴裏念着古老而又晦澀的咒語。

只見那個人偶的手腳竟然動作起來，不斷在扭曲，如同人在痛苦掙扎的樣子。奇奇莫拉的臉上露出癲狂的神情，繼續念着咒語，那聲音像是從九幽地獄傳來，冰冷且充滿了邪惡的力量。

破門而入

轟隆隆的雷聲低吼着。

人力轎車停在赤磡村的路口，小街拐不進去。萬天來和 Uno 匆匆跳下車，張大叔已在路邊等候。只見他手中拿着一個火把，腰間插了一把斧頭。

萬天來對張大叔說：

「張大叔，長話短說，我們已經掌握了犯罪證據，奇奇莫拉會在今晚用巫術殺死家樂等九十九個村童，我們一定要及時制止這場災難！」

張大叔神情凝重地回答道：「這次幸好得到你們的幫忙，這個歹毒的女巫，今晚她可插翼難逃了。」

村子的夜晚異常寂靜，身邊是各種蟲鳴的聲音，偶有零星的路人經過。他們一行三人走進一條幽靜的冷巷，巷裏不時傳出野狗的吠叫聲。

張大叔舉起火把，走在前面引路。走了大概一刻鐘，萬天來指向冷巷的盡頭說：「到了，前面就是奇奇莫拉的家了。」

三人小心翼翼，疾步上前。

來到門口，萬天來對 Uno 使了個眼色，便大力拍門：砰砰砰！

可是屋內毫無反應。

張大叔急不及待，一隻手舉起火把，另一隻手大力拍門：砰砰砰！砰砰砰！

「開門呀！開門呀！」

可是屋內仍沒半點動靜。

躊躇之際，張大叔把火把遞給萬天來，然後大喝一聲：「讓開！救人要緊！」話聲未已，一聲砰然巨響已在耳邊響起。張大叔拿起斧頭，對準門把一砍，同時一腳把門踢開，隨即破門而入。

張大叔拿起斧頭，對準門把一砍，同時一腳把門踢開，隨即破門而入。門一開，一股腐爛的味道撲面而來。

精華片段

AR

YouTube

門一開，一股腐爛的味道撲鼻而來，三人齊齊後退，這才看清了門內的情形。

「這究竟是甚麼鬼地方？」張大叔不禁發問。

映入眼簾的是一副恐怖景象。

抬頭一看，屋頂上結滿了密密麻麻的蜘蛛網，很多小蜘蛛在上面爬來爬去。這些蜘蛛網覆蓋了一大片天花，十分嚇人。桌子上整齊地擺滿了一個又一個瓷器皿，養着大量的蠱子。一個水晶球在黑暗的角落中閃閃發亮。

「果然是女巫，她在修煉巫蠱之術。」Uno 把頭湊向萬天來，在他耳邊輕聲地說。

「巫蠱之術？」萬天來問。

「那是一種操控蠱蟲進入人的心智，讓人聽從命令，甚至把人殺害的邪術。」

「太可怕了。」

三人小心翼翼地走進屋內。張大叔一隻手保持着拿斧頭的姿勢，警覺地觀看四周，另一隻手拿着火把。在火光的照射下，他們看到一個老婦，坐於水晶球前一動不動。

「奇奇莫拉，高舉雙手！」萬天來大聲喊道。

張大叔的右手高舉斧頭，擺開隨時攻擊的架勢。無論對方使用甚麼樣的魔法，她的肉身還是敵不過斧頭的重擊的。張大叔看來極度緊張，鐵青着臉，額頭上已掛滿了雨點般的汗珠。

奇奇莫拉卻一直背對着他們，絲毫沒有反應。

萬天來一再喝道：

「奇奇莫拉！我們已有足夠理由相信你跟最近九十九宗兒童昏迷案件有關，我們現在要把你繩之於法！」

可是，奇奇莫拉依然沒有半點動靜，只管坐着，全身僵直。而她身邊的水晶球仍在不停閃爍。

萬天來一步一步走過去，Uno 和張大叔緊緊地跟隨在後。萬天來伸手試探，在奇奇莫拉面前揮動手掌，可她就是一點反應都沒有。詭異的是，她連眼睛也不眨一下，手中拿着的拐杖也是懸空不動。只見那雙血紅的眼眸子裏滿是暴虐，彷彿裏面壓抑着無數殺意。

萬天來和 Uno 不約而同地相互對視了一眼，不祥之兆在他倆臉上閃電般掠過。

她連眼睛也不眨一下，手中拿着的拐杖也是懸空不動。只見那雙血紅的眼眸子裏滿是暴虐，彷彿裏面壓抑着無數殺意。

精華片段

AR

YouTube

「我們來晚了！」

萬天來搖頭歎息道，臉上滿是失望，他大概已經猜到了一切。

「甚麼意思？」張大叔問。

「奇奇莫拉已經進入那個水晶球了！」萬天來說。

張大叔失望透頂，十分氣惱：「糟糕了！我們救不到家樂，我們救不到那些孩子了！哼，現在怎麼辦？怎麼辦？」可他忽然又想到，「不如這樣，我們索性把這個水晶球給打個稀巴爛，讓這個邪惡的女巫永遠困在裏面，永遠出不來！」

一見那個害人不淺的水晶球，張大叔就無名火起，衝上前去準備把它打爛。

「別衝動！」張大叔的魯莽舉動卻馬上被萬天來制止，「這樣做很危險，可能連家樂和其他九十八個孩子的命都給丟了！」

張大叔定神一看，只見那水晶球內鬼影幢幢，並隱約傳出無數淒慘的哀嚎，十分嚇人。

「家樂！你在裏面嗎？家樂！家樂！」張大叔一時哀

傷起來，然後對萬天來說，「我們現在可以怎樣？可以怎樣？」

萬天來沉默下來，皺起眉頭，他大概也沒有任何頭緒。

突然，那邊傳來一聲貓叫：喵！

萬天來循聲看過去，一隻黑貓不動如山，表情淡定地坐在水晶球旁。眾人一看，就在水晶球旁邊，竟然放了一封信。

「欸？這兒有一封信。」Uno 拿起信，信封寫上 W 這個字母，「是給你的，W。」

「給我？」萬天來感到十分錯愕。

「快拆開看看吧！」Uno 把信遞過來。

萬天來隨即把信拆開，讀出內容：

「W，我知道你一定會找上門的。」

他一邊讀信，一邊和 Uno 與張大叔交換了一個眼神。萬天來當下心裏着實發毛，這個老巫婆怎麼會知道他會來？巫術真的是如此厲害，讓奇奇莫拉料事如神，讓她擁有預知未來的能力？他感覺到他們好像已經跌進了奇奇莫拉的圈套，隨時會有生命危險。

萬天來繼續讀信：

「你好聰明，你在老黃的口中套取了不少關於我的身世吧？你無非是想要知道怎樣去解除咒語，是嗎？我也不怕告訴你，咒語已經寫在水晶球上了。」

「在水晶球上面？」張大叔驚呼一聲，隨即在水晶球上面發現了一串奇怪的字。他指着那些字母喊道，「在這兒！看！」

Uno 趨前一看，一臉疑惑地讀出字串：

「梅塔梅塔卡魯那！梅塔梅塔卡魯那！」

「這棟房子裏果然存在魔法。這就是奇奇莫拉留下的咒語？」Uno 奇怪道。

「我才不相信她會這麼仁慈。」張大叔說，「女巫都是自私自利的邪惡化身，奇奇莫拉會這麼好心給我們留下解咒的密碼？」

萬天來清了清嗓子，然後一口氣把信讀完：

「你只要能找來九十九把聲音，在今晚子時，對着那些孩子大喊三次咒語，他們就會醒來。不過，你們當中必須有人同時進入那些孩子的魂魄，一起高喊咒語才能成事。萬天來，你能做得到嗎？哈哈哈！哈哈哈哈！」

眾人隱約聽到奇奇莫拉的笑聲在空氣中迴盪。

「甚麼？那是甚麼意思？」Uno 疑惑不解。

讓人驚訝的是，在萬天來把信剛好讀完的時候，出現在水晶球上的神祕咒語也一下子消失了。

「看看看，那咒語消失了！它消失了！你們記得嗎？記得嗎？把它記住！把它記住！」張大叔驚慌地喊道。

「我記住了。」萬天來淡定地說，「你們都記住了嗎？」

「記住了。」Uno 和張大叔異口同聲地說。

萬天來這才鬆了口氣，但他想來想去也想不通。

「她這究竟是甚麼意思？我們可以找來九十九個人高呼咒語，但是我們怎樣進入那些孩子的魂魄呢？」

這個時候，Uno 低着頭，垂着眼，無奈地說：

「她在戲弄我們而已。」

「戲弄我們？」張大叔立刻跺了跺腳，大聲喝道。

「魂魄是人的精神靈氣，類似西方所說的靈魂。現在那些孩子的魂魄被奇奇莫拉用巫術鎖在他們自己的夢境裏。」Uno 說道，「根據我的理解，奇奇莫拉的意思是說，只要我們當中有人能進入那些孩子的『夢』裏，然後夢裏夢外，裏應外合，同時有人一起大喊咒語三次，那個魔咒才會化解。」

「哼！」張大叔火冒三丈，「好狡猾的傢伙，這根本沒有可能，我們怎能潛入那些孩子的夢境裏去呢？！」

只見萬天來一直在冷靜沉思。

突然——

「Uno，子時即是幾點？現在距離子時還有多少時間？」萬天來問。

「子時即是晚上十一點到凌晨一點，現在是亥時，不到一個時辰就到子時了，大概只剩下一個半小時左右。」

萬天來思考了片刻，突然靈機一動：「好，讓我進去！」

「甚麼？」Uno 的心突然咯噔了一下，轉過臉瞪大眼睛望着萬天來，「你打算怎麼進去呢？」

萬天來呼出一口氣，似乎有一種豁出去的準備。

他只知道，要接近真相，就必須進入孩童的夢境。他對Uno說：「我想親自體驗那種奇妙的感覺，是你發揮所長的時候了。」

「你在說甚麼呀？」Uno眨眨眼睛，不明所以。

「頭腦是我的一切，身體只是一個附件。現在，我把這附件交給你，不要讓我失望。」

危難時刻，萬天來竟還能說出這麼一句深澀難懂的話，實在讓人費解。

Uno正在思考之際，萬天來轉向張大叔說話：

「時間無多了。張大叔，請你儘快召集所有家長把他們的孩子都帶到福德祠去，至少九十九個，一個都不能少。這是關乎他們子女的生死，全部人都一定要來，讓他們記住這個咒語，一到子時，一起對着所有昏迷的小孩大喊咒語三次！」

張大叔頻頻點頭，嘴裏念念有詞，顯然是要把咒語牢牢地記在心裏。

「Uno，走吧！我們先去福德祠！快！」

Uno和張大叔還是一副莫明其妙的樣子，萬天來卻是一副視死如歸的神情。

生死邊緣

張大嬸回到家中，死守在兒子的牀邊，沒有一刻安寧過。丈夫說過要從女巫手中把兒子救回來。然而，牀上的家樂依然毫無氣息，眼窩深陷，臉色慘白，一動不動地躺着。她不斷地默默禱告，祈求神靈庇佑，但願丈夫儘快除魔伏妖，平安歸來。

這個時候，家樂突然全身抽搐起來。只見他面容扭曲，翻着白眼，口吐白沫。張大嬸嚇得魂飛魄散，驚恐萬分。

「家樂！你怎麼了！家樂！家樂呀！」

情急之下，她連忙跑了出去把宋大夫請過來。

宋大夫匆匆到來，趕緊為家樂把脈。他從口袋裏掏出幾枚銀針，凝神貫注，對準家樂的內關、百會、氣海三個穴位插進去。之後又重複地用銀針插進不同的穴位。經過幾回的嘗試，宋大夫額上已滲出豆大的汗珠，從臉頰上滑落。

站在一旁的張大嬸坐立不安，急如熱鍋上的螞蟻。

「宋大夫，你一定要救救家樂！你一定要救救家樂！」

這個時候，團團白煙從四周冒出。家樂緩緩地睜開眼睛，茫茫然地看着身邊一切。

「我在哪兒？這兒是甚麼地方？」

他從牀上坐起來，神態迷惘，一看見站在牀邊的母親便歡喜地喊道：

「娘！」

可是張大嬸卻毫無反應，無動於衷。

他連喊幾聲，張大嬸還是沒有反應。家樂愈發慌張，喃喃自語起來：「這是怎麼一回事？」為甚麼他的娘好像聽不到他說話？為甚麼他的娘好像看不見他？

他於是跳下牀，直向母親那邊跑去。他想緊緊地給母親一個擁抱，卻一頭栽進母親的懷裏，然後徑直穿過母親的身體，跌跌撞撞地滾到地上去。

家樂當場呆住，全身顫抖。當他回頭一看，赫然發現宋大夫正在努力搶救着牀上的人。宋大夫的手指朝病人額頭點過去，然後順着鼻子、脖子一直到小腹丹田，大力地按壓着，重複地按壓着。可是那人已毫無任何反應。

細看一下，那人竟然就是自己！

儘管宋大夫仍在大力地按他的小腹，他卻沒有任何疼痛感。這個時候，宋大夫沮喪地搖了搖頭，轉身對張大嬸說：

「脈搏停了，斷氣了。」

宋大夫垂頭喪氣地走開。張大嬸連忙衝前，抱着牀上的兒子痛哭嚎叫，呼天搶地。

「家樂！家樂呀！嗚嗚——嗚嗚——」

看着這一切，家樂嚇得口唇顫抖，不知所措。

他這才意識到，自己已脫離了肉身。與此同時，他赫然發現，原來自己已飄到了房間的頂部，原來自己的雙腳一直沒有觸到地面，他整個身體只是在空氣中飄浮着。

他終於明白過來，他已經死去了，成為了一隻遊魂野鬼。這一刻的他感到莫名的悲痛、失落、憤怒、恐懼，心情複雜得無法用文字形容。

「怎麼會這樣？怎麼會這樣？我不想死，我不想死呀！嗚嗚——嗚嗚——」家樂抱着頭猛搖，驚恐地向着下方的母親大喊，「娘！娘！我想做回你兒子，好嗎？娘！嗚嗚——嗚嗚——」

可是任何叫喊都得不到回音。

突然，一道光芒從遠方照射過來，整個空間變得白茫茫一片。他再看不見母親了，而在白茫茫的迷霧中，突然走出一大羣人影。在背光的情況下，他無法看清他們的臉容。但當他們漸漸走近，才發現那些都是熟悉的臉孔，都是一直困在水晶球內的孩子，當中還有他的表姐小娟。在淡淡的白光映襯下，個個目無表情，臉色灰白，向着一個方向走去。而帶領着他們的，就是他深惡痛絕的稻草人偶。

「表姐！」家樂向小娟喊道。

怎麼會這樣？怎麼會這樣？我不想死，我不想死呀！娘！
我只想做回你兒子好嗎？娘！嗚嗚——嗚嗚——

精華片段

AR

YouTube

小娟卻毫無反應，跟其他小孩一樣，只管麻木地跟着人偶向着一個方向前進。這個時候，人偶首領發現了他，並揚一揚手，另外兩個人偶馬上意會，走過來左右兩邊把家樂揪起。

「時間到了，跟我們走吧！」人偶首領吆喝道。

家樂驚魂未定，全身還在微微顫抖，已被兩個人偶牽走了。他想反抗，但感到已控制不了自己的腳步，只管隨着他們走向那道白光。進去之後，他來到一個籠罩着濃霧的世界，陷入了一片無邊無際的黑暗。

成長傷疤

真空的寂靜吞沒了所有聲響。

一點聲音都沒有，寧靜得讓人有點害怕，唯有頭顱內血液流動的轟鳴撞擊着耳膜，成為整個宇宙唯一的回聲。

萬天來慢慢地張開眼睛，視線被星辰的碎鑽鋪滿。從高處俯瞰下方，是個無邊無際的廣袤空間，億萬星辰編織的渦旋紋路在腳下緩緩舒展，四根主旋臂由數以億計的恆星和星雲組成，在浩瀚的黑暗中閃耀着璀璨的光芒。

萬天來彷彿看到人類所在的太陽系，那是位於獵戶臂內，介乎人馬臂和英仙臂之間的星系。仔細觀察，這個四旋臂結構的銀河系，不正正就是一個左旋的帶鈎十字卍嗎？

萬天來一時怔住了，他摸一摸額上的胎記，心潮澎湃。突然一陣天旋地轉，四周變得一片漆黑，只見整個宇宙在猛烈轉動，然後壓縮成為一道強大的光，直向萬天來這邊湧過來，最後鑽入了他的眉心。一切都發生在電光火石之間，萬天來甚至沒來得及反應，只感到自己被注入了一股清涼的真氣，瞬間流遍全身。

不知從哪裏傳來陣陣風聲，呼呼作響。四周漸漸又光亮起來，隱約看到一個男孩，只見他緊抱雙膝，捲曲着身體，獨自坐在地上，充滿不安和緊張。

萬天來踮起腳尖悄悄地走了過去。男孩猛搖着頭，身體在顫抖。那是一個既熟悉又陌生的臉孔，萬天來心中一種複雜的情感油然而生。這時候，耳邊響起嘈雜的斥罵聲，既遠又近，既近且遠，充斥着整個空間。

「怪物！怪物！怪物！怪物！」

「打他！打他！打他！打他！」

「野種！野種！野種！哈哈哈！哈哈哈！」

四周漸漸又光亮起來，隱約看到一個男孩，只見他緊抱雙膝，捲曲着身體，獨自坐在地上，充滿不安和緊張。

精華片段

AR

YouTube

男孩看來是驚恐發作，不斷大叫，頻頻用手擋住空氣：「不要！不要！不要打我！不要打我！」

他邊喊叫邊搖頭，全身冒汗，手腳發抖，最後低聲啜泣起來。

那是多麼似曾相識的感覺。

萬天來看在眼裏，內心翻起複雜的情緒，連忙上前安撫。

「小孩，別哭！別哭！」

被打斷哭泣的男孩抬頭望了萬天來一眼，沒有說話，繼續流淚。突然一塊乾淨的手帕遞到他面前，再次抬頭的他睜開淚眼，猶豫了片刻才接過手帕。

「誰欺負你！？告訴我。」萬天來說。

「我不是哭，是沙子掉進眼睛而已。」男孩一邊抹眼淚，一邊倔強地說。

「還說謊？你看你全身都在抖了。」

萬天來坐到男孩身邊，嘴角懸掛着親切的笑容。

男孩終於又控制不住淚水：「大哥哥，我好害怕！我好害怕！」

「不用害怕！」萬天來邊說邊把男孩抱入懷中，「大哥哥在這兒，不會再有人欺負你了！」

男孩稍微鎮定下來，向萬天來問道：「我是一個怪物嗎？」

「幹嗎這麼說？」

「他們都說我是怪物。」

萬天來笑了笑說：「你就是因為害怕別人取笑而躲起來嗎？」

男孩撅起嘴巴，點了點頭，垂下目光。

「傻瓜！」萬天來微笑道，「每個人與生俱來都是與眾不同，獨一無二的。我們不需要跟人家比較，你長大了，你要勇敢！天生我才，你要記住，成長的過程就是要認識自己，然後將自己最大的能量發揮出來，知道嗎？」

男孩思考了一會，然後說：「知道。」他漸漸收起眼淚，露出笑容，又說：「大哥哥，可以抱你一下嗎？」

「當然可以。」萬天來張開雙手，表示歡迎。

男孩投進他的懷中，兩人温馨地緊緊擁抱着。

「謝謝你！」男孩微笑道。

「小孩，你叫甚麼名字？」萬天來輕撫着男孩的頭問道。

男孩愜意地笑了笑，然後化成一團白霧憑空消失了。空氣中只剩下他天真爛漫的笑聲。

萬天來一時愣住了，他瞪一瞪眼，恍然一悟，搖頭失笑，向着那個自己幾乎已遺忘的童年大喊：「謝謝你！」這一刻，他豁然開朗，感到莫名的欣喜，他安撫了男孩，同時也安撫了自己內心深處一個早已被完全忽略的傷疤。

突然遠方傳來一下響亮的鈴聲：鐺——！

與此同時，萬天來彷彿聽到 Uno 的聲音：

「W，你要記住，你進去以後很容易會迷失的，你會分不清現實和夢境。我每一刻鐘便會敲一下鈴鐺，提醒你不要沉溺在幻覺裏。你只有一炷香的時間，你要儘快把那些孩子都找出來，當你聽到第三次響鈴的時候，你就對着他們大喊三次咒語。外面所有的家長都會一起喊的，這是最後一次機會，只許成功，不許失敗！」

萬天來這才意識到自己已進入了夢境，也記得自己是帶着重要任務而來的。他深呼吸一下，堅定地提醒自己：「只許成功，不許失敗！」便向着一個未知的方向進發。

正邪相鬥

煙霧漸起，向着整個空間蔓延。

迷霧中，一羣稻草人偶領着一個又一個孩子出來，這些孩子臉色慘白，目光呆滯，向着一個方向走去。孩子羣中見到家樂和小娟，他們在行列當中，如同走肉行屍般前進。

萬天來屏住呼吸，躲在一個角落暗中觀察動靜，思考下一步的計劃。

遠方又再傳來一下鈴聲：鐺——！

孩子羣前進的盡頭，漸漸走出一個神秘的身影。從身影的外貌和衣着就知道她是奇奇莫拉。這個時候，孩子隊伍在奇奇莫拉面前停住了。

只見奇奇莫拉走向領頭的那個孩子，手上法印翻動。她皺起眉頭，輕吟咒語，一股濃聚眉宇的殺氣隱隱透出：

「天靈靈、地靈靈，各路神仙快顯靈，賜我法力吸精靈！九九魂魄盡湮滅，還我一個骨肉情！」

奇奇莫拉揚起雙手，一隻黝黑的大蠍子破空而出，伸出一根毒螯，直向那孩子的心臟位置刺去。那孩子隨即癱倒地上，全身失去了力氣。奇奇莫拉走向下一個孩子，手上法印翻動，重複咒語：

「天靈靈、地靈靈，各路神仙快顯靈，賜我法力吸精靈！九九魂魄盡湮滅，還我一個骨肉情！」

大蠍子再次伸出毒螯，直向孩子的心臟刺去。孩子又再倒下，癱在地上。

奇奇莫拉露出一抹邪惡的笑容，她走向第三個孩子，準備施咒：

「天靈靈、地靈靈，各路神仙快顯靈，賜我法力——」

這些孩子臉色慘白，目光呆滯，向着一個方向走去。孩子羣中見到家樂和小娟，他們在行列當中，如同走肉行屍般前進。

精華片段

AR

YouTube

突然傳來一把聲音：

「奇奇莫拉！你別再害人了！」

奇奇莫拉轉過頭來，循着聲音望過去。只見萬天來衝上前來，打斷了她的魔法。

「W !?」奇奇莫拉的腦海裏掠過一片疑雲。

「沒錯！我就是 W！」

「你是怎麼進來的？」

「哼，我沒必要告訴你！」

「哈哈哈哈！哈哈哈哈！」奇奇莫拉狂笑了幾聲，然後說道，「W，你可真聰明，居然來查探我？」

「你是怎麼知道的？」萬天來頓感愕然。

奇奇莫拉又笑了幾聲，然後說：「你的一舉一動可全是在我的眼皮底下，哈哈！你心裏難道不明白，我奇奇莫拉是個神通廣大的女巫，我在窗邊發現你這個陌生人已經覺得好奇怪，之後我跟蹤你回去，果然讓我發現你的真正身份！」

萬天來哼笑一聲，說道：「你果然也很聰明。」

奇奇莫拉又說：「不過我真的猜不到，你竟然聰明到可以找到方法進來這兒！」

「我進來的原因，你應該很清楚！」萬天來義正詞嚴地說。

「你要把這些孩子救出去嗎？哈哈哈！沒有那麼容易！就算讓你進來了，你懂得怎麼出去嗎？哈哈哈哈哈！恐怕你也自身難保，W，你中計了，你的命運將會跟這些愚蠢的孩子一樣！哈哈哈哈！哈哈哈哈哈！」

萬天來搖了搖頭說：「奇奇莫拉，你收手吧。這些孩子與你無怨無仇，你放過他們吧！」

奇奇莫拉不屑地冷哼一聲，眸底劃過一道陰狠的恨意：「我從一開始就把這兒的遊戲規則講得一清二楚，現在是他們不聽話，玩過頭不願走，與我何干？！」

「他們只不過是一時貪玩，你就利用他們的弱點來引誘他們，讓他們走進你的陷阱，然後將他們一個一個殺死？！你這樣做不是太卑鄙太無恥了嗎？」萬天來叱喝道。

奇奇莫拉冷笑一聲，冰冷的目光掃視過去，喝道：「這些孩子迷戀假象，情願躲在幻覺裏，也不願活在真實世界，那有甚麼可惜？他們還想奪取我的皇冠，哼！真的不知天高地厚！」

「你還在狡辯？」萬天來怒哮道，「你害了這麼多人，你讓這麼多家庭面臨破碎，你有沒有內疚過？你對得住天地，對得住自己的良心嗎？！」

「放屁！」奇奇莫拉瞇起陰冷的眼眸說道，「內疚？良心？那我兒子怎樣？是誰陷害他的？那些人有內疚過嗎？他們有良心嗎？我呸！多少年來，我哭了多少遍，哭乾了多少淚水，他們又知道嗎？他們會同情我嗎？哼！直到有一天，我發現我已哭不出來了，從那天開始，我對天發誓，我不能再讓人家欺負我！我要報仇！我要報仇！」

奇奇莫拉冷冷地看着萬天來，嘴裏吐出的每一句話都充滿了怨恨，久久難消。

萬天來冷喝道：「奇奇莫拉，你哭不出來，因為你已經把靈魂賣給魔鬼了，把靈魂賣給了魔鬼的人是流不出眼淚的！」

奇奇莫拉的身體不由自主地抽動了一下。

「奇奇莫拉，」萬天來續說，「其實你自己也有責任的，你沒有把你兒子好好的管教，你把他慣得太厲害了，是你自己害了兒子的！」

「我害了森姆！？為甚麼？我甚麼都給他，難道我有做錯嗎？我只是不想他讓人看不起，不想他像我一樣自卑，抬不起頭做人。我要他高貴起來，自信起來，難道我這樣做也有錯嗎？」

奇奇莫拉臉色驟變，一時陷入思想混亂，目中隱隱透出淚水。

萬天來想了想說：「你以為用物質就可以填補一切嗎？你大錯特錯了！奇奇莫拉，你用錯方法了。慣子如殺子呀！」

「慣子如殺子？」奇奇莫拉嘴唇顫動，痛苦地捫心自問，在那雙深陷的眸子裏充滿了哀傷。

這個時候，響亮的鈴聲又響起了：

鐺——！

萬天來警覺起來，自知身兼重任，只好繼續拖延時間，等候最後的時機。

「奇奇莫拉，你放過他們吧！」他厲聲高喊。

奇奇莫拉幽怨地望向萬天來，她那淒涼的臉上，掠過一層憤怒的神色：「不行！我等這天等很久了，我不會讓任何人阻止我的！」

萬天來說：「你別這麼自私，你這樣做是逆天而行，天道難容呀！就算讓你救了森姆，你也會折壽的，你欠了九十九條人命，你受得起嗎？」

「哈哈哈！」奇奇莫拉瘋狂地大笑幾聲，然後說道，「我怎麼受不起？哈哈哈！反正我沒所謂了，就算只剩一天的命，只要我兒子能夠復活過來，只要能再見他一面，我死而無憾！」

「你走火入魔了。」萬天來狠狠地瞪了奇奇莫拉一眼。

奇奇莫拉悲涼地呼出一口長氣，低聲自語道：「這個世界欠我太多了，除了這個兒子我已經一無所有。這麼多年來，你知道我是怎麼過的嗎？！哈哈哈，我有多痛苦你又怎會知道！？」她冷笑幾聲，然後突然轉怒，一手指着萬天來，並向人偶首領發出命令：

「哼！抓住他！」

幾個人偶一擁而上，把萬天來緊緊地抓住了。

經過一輪搏鬥，萬天來寡不敵眾，幾經掙扎，顯然

這個世界欠我太多了，除了這個兒子我已經一無所有。這麼多年來，你知道我是怎麼過的嗎?!哼！抓住他！

精華片段

AR

YouTube

已被制服。他大聲喝道：

「放開我！放開我！」

只見萬天來神情沮喪，懊惱不已。

「哼！此時此刻，你即便三頭六臂也休想逃脫！哈哈哈！」奇奇莫拉狂笑了幾聲，然後走到家樂面前，手上法印翻動，高喊咒語：

「天靈靈、地靈靈，各路神仙都顯靈，賜我法力吸精靈！」

這時，鈴聲再次響起：鐺——！

一道閃電劃破漆黑的上空，接着就是一聲驚天動地的雷鳴，似乎要把整個宇宙震碎似的。

愛的力量

天空烏雲密佈，狂風大作，吹得樹葉亂擺，明晃晃的閃電一個接一個，雷聲隆隆地響個不停。

暴風下的福德祠出現人滿之患，大殿地上躺滿了病童。他們大多已沉沉睡去，有些像是被夢魘折磨，翻來覆去，手腳還在不斷抽搐；有些看似醒來，卻是恍恍惚惚，眼神空洞；有些坐了起來，卻不時傻笑，流着口水，就像是失去了靈魂般癡癡呆呆、六神無主。

大殿的神壇上亮着蠟燭，昏暗的燭光下搖曳着巨大的陰影。香爐上的一炷香燒了一大半，距離子時也愈來愈近。

「只剩一刻鐘了。」張大叔看着香燭，自言自語，額頭冒出冷汗，「還差兩個人怎麼辦？怎麼辦？」

眼前已有一大羣家長聚集起來，個個神態焦慮，徬徨不已。張大叔在點着人數，生怕漏了一個。這時，祠門前走出兩個村民的身影，兩人大汗淋漓，趕在最後一刻鐘前抵達現場。

「王大媽、郭大爺！快呀！快呀！時間無多了！」張大叔在站着的位置喊過去。

「我們已是快馬加鞭趕過來的了！」王大媽跑了過來，邊說邊擦去額上豆大的汗珠。

「好了，夠了夠了，剛好一百個！時間無多了，先別問我為甚麼，你們想要把你們的子女救回來，就得聽我說，相信我！我現在再說一遍，我會喊三聲，當我喊到三，你們就一起大喊咒語三次！大聲的喊，這是唯一能夠把你們兒女叫醒的機會，大家都清楚了嗎？」

「清楚！」

眾人士氣如虹，眼神堅定，心裏只有一個希望。

「你們都把咒語記住了嗎？」

「記住了！」

「好！這柱香一燒完，我們就一起喊！」

香爐上的一炷香愈來愈短、愈來愈短。福德祠裏聚集着好多人，在這最後關頭，突然死一般寂靜，大家似乎變成了一尊尊石雕，筆直地站在原地。張大叔的心怦怦怦直跳，偷偷地朝大家掃視了一眼。所有家長的神情既悲哀又嚴肅，有些在默默禱告，大家都在盼望奇跡的降臨，心中卻沒有多大把握。父母心，骨肉情，血濃於水，親情永遠割捨不了。張大叔深刻地感受到這些家長內心深處難以言喻的痛楚。他心下決定，一定要把家樂和所有的孩子救回來。

還差那麼一點點，香爐上的那炷香行將熄滅。張大叔深呼吸了一下，心裏在默默倒數：三、二、一，然後扯開嗓子發出號令：

「香滅了，子時到了。我們現在一起大喊！一、二、三！」

全體家長一鼓作氣齊聲大喊：

「梅塔梅塔卡魯那！」

「再來一次！一、二、三！」

「梅塔梅塔卡魯那！」

眾志成城的喊聲響徹整個福德祠，響徹整條尖沙嘴

福德祠裏聚集着好多人，在這最後關頭，突然死一般寂靜，大家似乎變成了一尊尊石雕，筆直地站在原地。

精華片段

AR

YouTube

村，響徹整個港灣。

「再來一次！」張大叔高喊，「一、二、三！」

「梅塔梅塔卡魯那！」

雷聲大作，風雲變色。整個空間馬上發生了奇妙的變化，強大的聲音似乎已把不同時空接通了！

與此同時，在另一個空間，當鐘聲再次響起，萬天來也大聲喊叫：

「梅塔梅塔卡魯那！」

一道強光從天際照射下來，閃爍閃爍，放出七色異彩。奇奇莫拉正在向家樂施咒，手上法印翻動，卻突然被這道神奇的強光照射着，她還來不及反應，面露驚愕之色，連忙後退幾步：

「發生了甚麼事？」

只見一絲絲藍色的火焰從奇光異彩中噴出，捲上了奇奇莫拉的身體。她嘗試再度施咒，但任憑她如何舞動雙手，卻發覺法力已經失去。

「可惡！」她怒哮一聲，雙手奮力壓住四溢的五行之氣，但卻一點效果都沒有。看她擰眉瞪眼，氣得一副要吃人的樣子。

眾人的意志在那一刻仿若無堅不摧，讓奇奇莫拉的所有算盤在那一刻徹底破碎。神奇的強光儼如一道正義之光，直射向奇奇莫拉和那些人偶，嚇得他們東逃西竄，十分狼狽。

「這是甚麼？這究竟是甚麼？！啊——！」奇奇莫拉瘋狂大叫一聲，跌跌撞撞地向萬天來這邊衝了過來，那架勢像是要與他同歸於盡才肯甘休。

只見漂浮在半空中的巨大水晶球開始在扭曲、在變形。最後，整個水晶球破裂成碎片，砰的一聲向着四周爆開！奇奇莫拉感到無比的震驚，那猙獰的面容開始出現裂痕，彷彿是碎裂的瓷器，上面溢出大量的黑色塵埃，裏面哀嚎之聲更加刺耳。

最後，奇奇莫拉和那些人偶全部化作人形黑霧，漸漸消散得無影無蹤。

那邊，只見家樂和一眾孩子如夢初醒，各自擦了擦眼睛，茫然地望向四周。

一切夢滅，世界崩落如咒語被瞬間破解。

眾孩逐漸走出他們的幻覺。

迷途知返

福德祠內傳出一片歡呼聲，張大叔、張大嬸，還有其他家長莫不喜形於色，向着孩子奔跑過去。孩子原本蒼白的臉色已經恢復了紅潤，他們徐徐醒來，望着所有關注着他們的人，如夢初醒。

家樂緩緩地睜開眼睛，一見父母，虛弱地叫了一下「爹！娘！」便「哇——」的一聲，嗚嗚的放聲大哭起來。他從死亡邊緣重回人間，恍如隔世，雙手抱住能給他庇護的父母，繃緊的情緒，只需要一個能夠釋放的出口。

張大叔拍着兒子的頭，安撫着他的情緒：「家樂，別哭！別哭！沒事了，沒事了。」

「回來了就好，回來了就好。」張大嬸強忍着淚水，把兒子擁入懷中。

那邊，小娟也甦醒過來，她一見張大叔和張大嬸，歡欣雀躍：「姨丈、姨媽！」

張氏夫婦喜出望外，把小娟和家樂一併擁抱入懷。張大叔語帶激動地說：「現在你們都清醒過來就好了，你們知道我們有多擔心，有多想念你們！」

「爹、娘，對不起！是我不聽話，瞞着你們去玩，我以後不會再那麼任性的了。我以後會好好讀書，好好報答你們。」家樂邊哭邊向父母道歉。

「家樂。」張大叔看着兒子輕輕地叫了一聲，臉露愧疚之色，「爹也對不起你。」

家樂有些愕然，彷彿自己聽錯了一般。張大叔繼續說：「爹也有不對，對你管教太嚴，稍微做錯一點就破口大罵，你已經長大了，有自己的想法，爹知道了。」

家樂收起眼淚說：「其實你們只是關心我、緊張我而已。是我不對，是我讓你們不放心。我曾經覺得你們太嚴格，要求太高，所以才故意做一些讓你們生氣的事。現在我知錯了，對不起，我以後知道怎麼做的了。」

他從死亡邊緣重回人間，恍如隔世，雙手抱住能給他庇護的父母，繃緊的情緒，只需要一個能夠釋放的出口。

精華片段

AR

YouTube

張大嬸聞言，淚水順着臉頰滾落下來，趕忙伸手抹了抹：「你長大了，家樂，你真的長大了。」說罷便把兒子一把摟了過去，親吻着他的頭髮，他的額頭。

家樂感覺自己心情從來沒有這麼舒坦過。這個時候，他再看了一眼身旁的父母，仔細地看着。

「家樂，怎麼了？」張大嬸一臉疑惑。

「我就想看看你們。」家樂臉上掛着笑容說道。他從來沒有這樣仔細端詳過母親的臉。不知從何時開始，魚尾紋已悄然地爬上了母親的眼角，並在她秀麗的臉龐上留下刻紋。

「你覺得娘老了嗎？」張大嬸睨視着兒子。

「沒有。我覺得娘漂亮了。」家樂微笑道。

小娟看着家樂一家團圓，自己終於也能釋懷。

突然，家樂狠狠地捏了一下她的臉龐。

「好痛啊！你幹嗎捏我呀？」小娟摸着臉蛋兒大叫道。

家樂向表姐做了一個鬼臉，然後又捏捏自己的臉龐，並大叫起來：「喲！好痛！」

「家樂，你傻了？」張大嬸奇怪地問道。

家樂傻笑了一下說：「我只是想證實一下，我現在眼前所見的一切都不是假的，我只是想證實一下，我這一刻是活在一個真實世界。如果能夠證實自己並不是沉溺在幻覺裏，捏痛一下自己又算得上甚麼？」

「哼！那就讓我捏你一把！」小娟反擊道，連忙伸手去捏住家樂的臉蛋。家樂掩臉喊痛，小娟得意地說：

「哼！你終於清醒過來了嗎？！」

「完全清醒過來了！」家樂小嘴一撇，假裝生氣地說。張大叔和張大嬸見狀不禁哈哈大笑。四人摟作一團，親情洋溢。

那邊，其他家長和他們的孩子也在互相擁抱，大家都鬆了一口氣，有些家長哭出喜淚，有些驚喜交加的嚷道：

「天呀，真是不可思議！」

「那個咒語果然有效！」

「香港居然有女巫！」

「是誰救了我們的孩子？！是誰救了我們的孩子？！」

眾人的視線開始轉向張大叔。

福德祠內一個寧靜的角落，Uno 這才舒了一口氣，露出輕鬆的表情。眼前的萬天來還躺着，Uno 用手推了推他，輕聲喚道：

「W！W！醒來吧！醒來吧！」

萬天來朦朦朧朧地睜開惺忪的睡眼，從催眠狀態中漸漸甦醒。

似夢還真

二十多平方米的空間裏，每件物品都必須學會坍縮，所有容器都被塞得像沙丁魚罐頭一樣，沒有留下多餘的空間，冬季的厚衣在真空袋裏呈現胎兒超聲波的形態。

萬天來張開眼睛，茫然地望着身邊一切。

他大概還在回想自己到底身在何方。他晃了晃腦袋，揉了揉眼睛，花了好幾秒，才發現自己原來已回到了熟悉的世界。他蹲坐起來，頭殼幾乎碰到天花。他依舊住在狹窄破落的間隔房裏，房內的雜物依舊堆積如山，他的爺爺依舊虛弱地躺在雙層牀的下鋪。

啊，好一場美夢！

一看鬧鐘，猛地從上鋪跳了下來，衝向廁所洗臉漱口，然後又匆忙地給爺爺弄點吃的便穿上校服，連蹦帶跳地趕回學校去。

那些熟悉的街道，那些熟悉的樓房，那條熟悉的巴士路線，那扇熟悉的學校大門，那道熟悉的樓梯，那個熟悉的課室，一切境況，依然如故。還有那些老死不相往來的同學的嘴臉，依舊是那麼令人討厭。

一切已回到正軌，世界原來從來沒有改變過。

上課的鈴聲響起了。

那個熟悉的歷史科老師，那把熟悉的聲音：「翻到第九十九頁。」

老師開始講課了。

「虎門銷煙以後，英國煙商難以再去廣州從事鴉片貿易，很多英國商船聚泊在尖沙嘴一帶海面。1839 年 7 月 7 日，尖沙嘴村發生了一宗命案，從此扭轉了香港的命運，也拉開了中國近代史的開篇。」

聽到這裏，萬天來精神為之一振。

「一大羣水手上岸酗酒，與尖沙嘴村村民林維喜發生衝突和毆鬥，林維喜被當場打死。各位同學，考考你們，這是一條難題，因為你們教科書上沒有提到，你們知道這些水手是來自那兩艘商船的呢？」

萬天來的腦海閃現出許多片段。

林維喜被村民抬起，只見他的眼睛還微微睜着，嘴唇發烏，兩隻手握拳握得好緊，胸口腫得核桃那麼大，紫紅的血凝成塊子了，灰色的衣衫上大大小小滲着好多血點。

那些作鳥獸散的水手，除了紅鬚綠眼的白人，還有印度人和黑人。他們慌張地朝碼頭的小艇奔跑過去。

尖沙嘴海面上停泊了許多英國大商船，大商船龐大的船體都設計在水線以下，一小部分甲板、桅帆等浮出水面，船上有三根高聳堅固的桅杆，層層疊疊的掛帆，船身有着華美的裝飾和精緻的雕刻。這麼大的一艘商船，船體內肯定有足夠的空間塞進大批的茶葉、絲綢、瓷器等貨物。其中兩條近岸的大商船，船身分別刻有 Carnatic 和 Mangalore 的名字。

面對老師的提問，班裏鴉雀無聲。這個時候，萬天來主動舉手答題：

「那些水手來自 Carnatic 和 Mangalore 兩條船。」

老師眨一眨眼，不敢相信的樣子。他只知道商船的中文名稱，從沒聽過用英文讀出的船名。他默默地把船名自行拼音一番，然後再問 W：

「萬天來，是哪兩艘船？你再說一遍。」

「Carnatic、Mangalore。」

「『卡納蒂克號』、『曼格洛爾號』。」老師喜出望外，「沒錯，答對了。掌聲鼓勵！」

班裏馬上傳來熱烈的掌聲。

罕有地得到老師的稱讚，萬天來沾沾自喜。他很想告訴老師，他是在現場親眼看到的，但馬上又把說話吞回去了。難道有人會相信他嗎？就連他自己也懷疑起來，他到底是否真的回去過 1839 年？他是否真的見過林維喜，還有張大叔、張大嬸和那些尖沙嘴村村民？這種感覺很不真實。但為甚麼他好像又知道了一些別人不知道的事情，甚至能脱口回答老師這一道難題？

他愈是要想，愈想不通。他嘗試在網絡上尋找資料，但一百八十多年前的香港並沒有留下太多文字紀

就連他自己也懷疑起來，他到底是否真的回去過 1839 年？他是否真的見過林維喜？這種感覺很不真實。

精華片段

AR

YouTube

錄。有一天，他去了中央圖書館的歷史檔案室，他想要證實一件事情。

很快，他把自己埋在一大堆古籍中。1839 年 7 月 7 日那天在尖沙嘴村到底發生過甚麼事？最後，他找到了一本名為《新安縣誌》的古籍，當他翻開其中一頁，他一時愣住了，他竟然發現了自己的名字！古籍有所記載：

神祕少年 W 破解巫術，尖沙嘴九九村童奇跡甦醒。

萬天來的心怦怦地跳個不停。他再細閱內容，所有記敍就如同他所經歷的一切，不虛不假。他震驚得說不出話來。這原來不是夢？他的穿越都是真的！他真的回去過 1839 年，就在他十八歲生日的那一天，並成功地拯救了九十九名兒童，讓他們再次活過來，讓他們與家人團圓。他確實制止了一場災難的發生，同時也改寫了歷史。

萬天來難掩心中的興奮。他確實做了一件善事，看來也是一件偉大的事情。他還記得 Uno 對他說過：「我們相信善的力量，每一個善舉，都會讓世界變好一些，每一個善舉即使那麼微不足道，但積少成多，聚沙成塔，只要每人肯付出一點，假以時日，必能改變世界。」

未來的世界真的會因此而改變嗎？地球真的會從末日的滅亡中逐漸「修正」過來嗎？萬天來感到莫名的喜悅，起碼他為拯救地球出了一分力。在學校從來找不到存在感的他突然覺得自己有一點價值，他也開始尋回了一點自信。

也許他的穿越並非偶然，而是命中註定。也許人類的歷史中還有許多懸案等待他的破解，許多隱藏的真相等待他去揭開。無論如何，他決定把這趟奇妙的經歷一點一滴地記錄下來。

作為一名目擊者，他開始研究起林維喜命案的前因後果，他在網絡上查看了很多資料，又借來了不少有關鴉片戰爭、香港割讓等的圖書，對自己這個土生土長的地方有了更深入的瞭解。

一天一天過去了。每次回想那段穿越時空的經歷，萬天來還是覺得不可思議，似真還假。他不時又會懷疑起來，究竟 Uno 是否真有其人？為甚麼她突然又消失了？她現在身在何方？已經回去未來那個等待末日降臨的世界，還是會再次回來找他？

有一天，他又跑到紅香爐峰去了。他面對着維多利亞港大聲呼喊，吼出心中的鬱悶。這個時候，一陣迷霧湧出，他隱約聽到幾聲狗吠，轉頭一看，那條熟悉的銀色小狗又再出現了。

【完】

刪剪片段（一）

△ 尖沙嘴沙灘上的一個涼亭。

W：（好奇地）你說你來自未來，為甚麼你卻穿上古服？

Uno：（笑了笑）你有所不知，未來的人類探測到一股來自古代的強大能量，他們認為這股能量同時也可能是修復地球的一種道德力量，所以一時間便興起了一股復古風潮，我也跟風起來。

W：（笑）你這個 AI 特種人也會跟潮流嗎？

Uno：（瞋）不可以嗎？你這是甚麼意思？（怒目）

W：別生氣。我——我覺得你穿古服蠻好看的。

Uno：真的？（睨視 W）

W：（大力點頭）嗯。

△ W 以幽默化解了 Uno 的怒氣，兩人哈哈大笑起來。

未來的人類探測到一股來自古代的強大能量，他們認為這股能量同時也可能是修復地球的一種道德力量。

精華片段

AR

YouTube

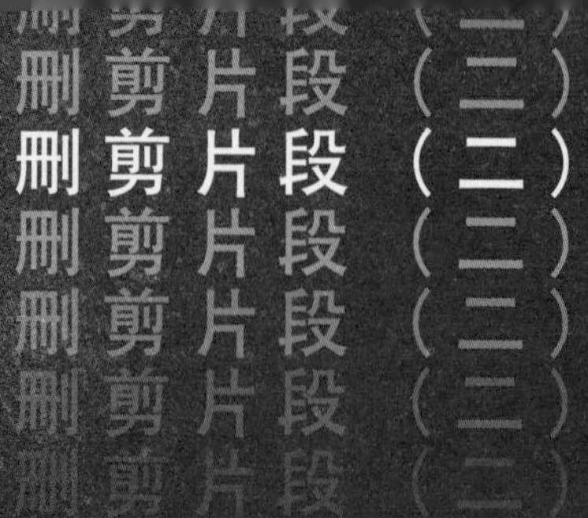

刪剪片段（二）

△ 張大叔和張大嬸領着一眾家長來到福德祠的內室門前。

張大叔：（對眾）你們的救命恩人就在裏面，你們親自向他們道謝吧。

△ 眾人帶着興奮的心情湧進門內，卻發現室內空空如也。

張大叔：（奇怪）欸？他們呢？剛才還在這兒，怎麼突然不見了？（對張大嬸）你有見到他們嗎？

張大嬸：沒有。這兒只有一個門口，如果他們出去了我們一定會見到的。怎麼會憑空消失了？

張大叔：真奇怪。（對空氣大喊）W 先生！Uno 姑娘！你們在哪裏？你們出來呀！我們要向你們道謝！

△ 張大叔和張大嬸面面相覷，眾人莫名其妙。

W先生！Uno姑娘！你們在哪裏？你們出來呀！我們要向你們道謝！

精華片段

刪剪片段（三）

△ 傍晚。一隊清兵浩浩蕩蕩地邁進尖沙嘴村，向着官涌山炮台的方向走去。

△ 張大叔等村民各自在自家門前伸長脖子觀看，神態緊張。

張大嬸：家樂阿爹，怎麼整個海岸都給封鎖起來，又派兵來駐守，又不讓我們出海，究竟發生了甚麼事？

張大叔：英國鬼子包庇罪犯，堅決不肯交出兇徒，阿喜死得冤枉，我們的林大人震怒了，把所有英國商人驅逐出境，斷水斷糧。這些英國船艦就是不願離去。

張大嬸：英國鬼子到底想怎樣？殺了我們村裏的人又不肯交出兇手？殺人不是要填命嗎，他們想要包庇罪犯，天理何在？！

△ 遠方的海港，濃霧中隱約見到英人戰艦的輪廓。

英國鬼子包庇罪犯，堅決不肯交出兇徒，阿喜死得冤枉，我們的林大人震怒了！

精華片段

AR

YouTube

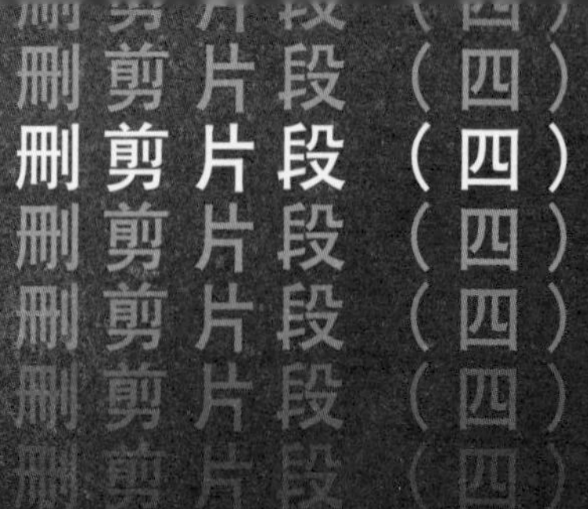

△ 衙門內，當眼處見橫額「明鏡高懸」四字。

△ 新安縣知縣梁星源升堂辦案，他身穿葛布大褂，頭戴紅纓帽，不怒而威。公案兩端各有一親兵，穿着藍色號衣，頭帶黑帽，手執兵器。

△ 堂前跪着陳村長和奇奇莫拉二人，兩人雙手上銬，眼神散渙，神態落寞。

梁星源：陳財，你身為尖沙嘴村村長，其身不正，玩忽職守，既沉溺毒海，又對黃賭毒之歪風聽之任之，失職失責，甚至包庇縱容，貪贓枉法，罪加一等！

梁星源：奇奇莫拉，你為求一己私欲，竟以巫蠱之術毒害民眾，陰險狠毒，罪大惡極，若不是村民及時予以制止，其後患無窮矣！

梁星源：按照大清律法，本縣宣判陳財及奇奇莫拉二人罪名成立，各重判入獄十年！

△ 梁星源結案陳詞，怒目圓睜，在案子上大力一拍。

按照大清律法，本縣宣判陳財及奇奇莫拉二人罪名成立，各重判入獄十年！

精華片段

AR

YouTube

跋

一切都是因緣。

這小說草稿擱在「牀下底」三年了，筆者本是寫來自娛，未敢對出版有太大期望，因為知道文學小說在商業市場上的生存空間愈來愈窄，要說服出版商投資出版，何其困難！直到一個人的出現，這些稿子的命運改變了。她是我的好友廖慧慈，她兩年前退休後便投身於各種各樣的義務工作，以自身的專業知識和經驗回饋社會。慧慈曾執教鞭三十八年，其中一個心願是推廣優質閱讀，當她知道我有一疊塵封的稿子，便向我求取閱讀。最後，她拍拍心口，說要為我物色合適出版社。幾經轉折，她聯絡上香港中華書局，經過多月討論，最終出版得到落實。此書得以面世，慧慈實在功不可沒，在此筆者謹向她表示萬分感謝。

而在與出版社商談的過程中，筆者作了一個決定，就是在保留原有故事骨架的基礎上，把原來的故事背景改變了，刪了一些人物，也添進新的角色，某些人物關係與情節也隨之而變，最後變成小說今天的模樣。

本書得以順利出版，還有賴香港中華書局的熱心支持。特別感謝本書責任編輯余雲嬌女士，以及中華教育的專業團隊的努力付出與精心配合，特此致以衷心謝意。

鳴謝

(排名不分先後)

創作及製作人員

創作總監：	演然
製作及執行總監：	廖慧慈
編劇／導演：	演然
聯合導演：	廖慧慈
主題曲填詞：	演然
主題曲編曲：	慧慈
主題曲主唱：	道林
主題曲視頻：	演然、大自然語文及教學資源有限公司製作團隊
小說預告片：	演然、大自然語文及教學資源有限公司製作團隊
插畫製作：	廖慧慈、Ai.U、大自然語文及教學資源有限公司製作團隊
動畫製作：	廖慧慈、胡添就、大自然語文及教學資源有限公司製作團隊
AR 製作：	胡添就、ePublishAR 團隊

動畫聲音演繹

W / 稻草人 / 宋大夫： 李家倫
Uno / 兒時 W： Lancaster Loré
Uno（人物介紹）： 何立之
奇奇莫拉 / 張大嬸： 張文融
家樂： Tianna Chan
小娟： 張穎潼
張大叔： Anjou.C
陳村長： 吳家俊
森姆： 劉紅進
梁星源： 胡添就
老師： Elizabeth Liu
水手 / 男孩 / 村民： 羅碧嬿

作者簡介

演然

香港大學榮譽文學士、教育及資訊科技理學碩士，以九優及第一名成績於香港浸會大學取得語言研究文學碩士（優異）學位，又以八優成績於香港大學取得佛學研究碩士（優異）學位。先後獲皇仁書院胡禧堂獎學金、第十六屆香港中大青年文學獎新詩組季軍、香港浸會大學學術獎、香港編劇同學會故事寫作比賽優異獎、第二屆香港出版雙年獎（語文學習類）、第十五屆香港中文文學雙年獎冠軍及亞軍（兒童及青少年文學）、第四屆香港出版雙年獎（語文學習類）。

大學時代深受鍾玲教授啟蒙，踏上文學創作之路。詩作《蝌蚪》入選《港大詩人新詩集》、《銀龍》獲中大青年文學獎新詩組季軍；首二部科幻小說《綠色地獄》及《達爾文星遊記》獲第十五屆香港中文文學雙年獎（兒童及青少年文學）冠軍及亞軍。

劇本創作師承杜國威先生，曾參與舞台劇、電影、電視等劇本創作，包括電視劇《阿有正傳》《愛在春天》、功夫舞台劇《快樂少林》、海洋公園雜耍奇技《七彩升空天地》及夢幻水都《雙龍奇緣》；個人創作包括社區音樂劇《我們明白了》《還是你最好》《夢飛翔》、合家歡音樂劇《福爾摩斯夢幻水晶球》《福爾摩斯狼人傳說》、中國歷史人物舞台劇《細說王安石》《何者魯迅》《天問．屈原》《空山印深情——王維》、歷史短劇《九一八事變》《一二八事變》《七七事變》《南京大屠殺之東京審判》《731 部隊》《義勇軍進行曲》《南京大屠殺之一個人的力量》等。近作包括把杜氏的經典名劇《我愛阿愛》和《愛情觀自在》改編為廣播劇，並於香港電台首播。

魔幻水晶球

演然——著

責任編輯　余雲嬙
裝幀設計　Sands Design Workshop
排　　版　Sands Design Workshop
印　　務　劉漢舉

出　　版　中華教育
香港北角英皇道 499 號北角工業大廈 1 樓 B
電話：(852) 2137 2338　傳真：(852) 2713 8202
電子郵件：info@chunghwabook.com.hk
網址：http://www.chunghwabook.com.hk

發　　行　香港聯合書刊物流有限公司
香港新界荃灣德士古道 220-248 號
荃灣工業中心 16 樓
電話：(852) 2150 2100　傳真：(852) 2407 3062
電子郵件：info@suplogistics.com.hk

版　　次　2025 年 6 月第 1 版第 1 次印刷

規　　格　32 開（195mm x 145mm）

ISBN　978-988-8913- 39-8